主编 光明日报

烟火人间

光明日报出版社

图书在版编目（CIP）数据

烟火人间 / 光明日报主编. -- 北京 : 光明日报出版社, 2025.9. -- ISBN 978-7-5194-8602-0

Ⅰ. I267

中国国家版本馆CIP数据核字第2025DB8691号

烟火人间
YANHUO RENJIAN

主　　编：光明日报	
责任编辑：谢　香　徐　蔚　孙　展	责任校对：王　娟
责任印制：曹　净	封面设计：李　阳

出版发行：光明日报出版社
地　　址：北京市西城区永安路106号，100050
电　　话：010-63169890（咨询），010-63131930（邮购）
传　　真：010-63131930
网　　址：http://book.gmw.cn
E - mail：gmrbcbs@gmw.cn
法律顾问：北京市兰台律师事务所龚柳方律师
印　　刷：北京华联印刷有限公司
装　　订：北京华联印刷有限公司
本书如有破损、缺页、装订错误，请与本社联系调换，电话：010-63131930
开　　本：146mm×210mm　　　　印　　张：8.5
字　　数：170千字
版　　次：2025年9月第1版
印　　次：2025年9月第1次印刷
书　　号：ISBN 978-7-5194-8602-0
定　　价：58.00元

版权所有　翻印必究

目录

绝顶的赤牛坬　王蒙　　　　　　001

感受光明　蒋子龙　　　　　　　007

春天的茶讯　叶辛　　　　　　　012

幕阜人家　陈世旭　　　　　　　017

荆江十六㙟　刘醒龙　　　　　　022

春天的丁字步　肖复兴　　　　　027

有村名北极　王充闾　　　　　　032

钟鼓楼声韵悠悠　刘心武　　　　037

从前喝茶，现在喝茶　范小青　　042

坐标之城三门峡　梁衡　　　　　047

记黄河晋陕大峡谷　贾平凹　　　052

向海之人　陆天明　　　　　　　057

拾柴火　刘庆邦　　　　　　　　064

王串场情结　林希　　　　　　　070

面向大海　徐贵祥　　　　　　　076

1

龙门阵里"摆"成都　魏明伦	081
一粒米的旅程　迟子建	087
再去东极迎日出　刘兆林	092
槐树底下搭戏台　葛水平	097
昆仑山往事　王宗仁	102
穿行于三坊七巷　杨少衡	107
鲜花压境的日子　张炜	112
社区的早晨　肖复兴	118
母亲河畔的笑声　赵丽宏	123

湖畔风景　刘成章	129
高高的洛茸村　陈应松	134
太行泉涌　关仁山	139
看云记　乔叶	144
我爱呼伦贝尔　陈彦	150
深山蓝花　汤素兰	156
城中草原畅想　梁衡	161
边地的文庙　范稳	167
读不尽的大运河　裘山山	172

"耀我"之光　李骏虎	177
渔客芦花　老藤	182
乡村的诗意　郭文斌	188
一个村庄的剪影　吉米平阶	193
我住北京　廖奔	198
朝天门　叶梅	203
到瑶溪去种茶　王旭烽	208
一棵被描写的树　东西	213
从秋到冬　刘亮程	218

纸短情长话冰城　阿成	224
年的味道　尹学芸	229
厚土苍茫　郁葱	234
弦诵不绝白鹭洲　李晓君	240
又识春风面　鲍尔吉·原野	245
童话长白山　金仁顺	250
鞋子的力量　林那北	256
湘西山水行　阿来	261

绝顶的赤牛坬

王蒙（作家、中央文史馆馆员）

你认得"坬"字吗？你知道赤牛坬在哪里吗？它是陕西省最北部榆林市佳县坑镇的一个小村庄。

我虚岁九十，已至鲐背，才算真正来到了陕北榆林。然而榆林早就被我热爱与熟悉，使我感动与牵心。陕北的古老的革命化了的信天游《横山里下来些游击队》、"大生产"的剪纸、解放区的木刻与宣传画，这些都是旧中国我十几岁时在北京大学与北大工学院看到的。那时地下党领导下的进步学生团体主办了孑民图书馆与六二图书馆，在那里的《木刻选》里，我看到令人泪下的《人民英雄刘志丹》，学会了陕北民歌改编的"正月里来是新年，陕北出了个刘志丹，刘志丹来是清官……"

榆林小曲《挂红灯》《走西口》，是我爱听爱唱的；农民李有源把陕北民歌"骑白马，挎洋枪，三哥哥吃了八路的粮，有心回家看姑娘，呼儿嗨哟，打日本咱顾不上"，改编成伟大的《东方红》颂歌,响彻太空。还有跳秧歌的"索拉索拉多拉多,索多拉索米瑞米"。榆林的一切,要多人民就多人民,要多革命就多革命,要多纯真就多纯真,要多深情就多深情。

何况还有我1956年的巧遇。那年9月初,晚上在北京前门站登上火车,坐一夜硬席,早晨抵达太原,与绥德民歌合唱团的姑娘们同车厢。她们歌唱通宵,至今我耳边常会响起那清澈怜爱的歌声:"提起个家来家有名,家住在绥德三十里铺葱(村)"。同车厢的还有北方笛子名家冯子存,他吹奏的是不无陕北内蒙古风味的《喜相逢》与《放风筝》。六七十年前,我已经视榆林为热土乡里了。

其实,33年前我已到过神交已久的榆林,可惜只是途经。那是上世纪1990年,我从内蒙古东胜出来,途中上了神木二郎山,经过榆林,绕道米脂绥德,到了佳县白云山,造访了白云观。转战陕北期间,毛主席三次上过白云山上的白云观。那次我从白云道观回到内蒙古,已经是次日凌晨。

如今的榆林已是陕北重镇,市区高楼大厦,气魄宏伟,马路平直宽阔,市容清爽光亮,颇有现代都市气象。而从榆林市区到佳县,沿黄河修起了高速公路。这段蜿蜒险峻的路,不是修在黄河河岸上,不,那里大致没有河岸,只有矗立的岩石峭壁,公路是从石山壁上,生生夺到手的。路的西侧是直上直下、傲然挺立的山石,东面是时宽时窄、时深时浅的母亲黄河。

博物馆是榆林地区更是所辖佳县的锦绣奇葩,花开处处。仅赤牛坬一个村,就有自建仓储式民俗博物馆十余种,有家居、谷粮、食品、灶具、劳动场景、传统工具、瓶壶、坛罐、石刻、瓦器、放羊、役牛、服饰、鞋靴、生活器皿……168个展室,体量惊人,展陈亲切,真实感人。

例如那"中国第一鞋馆",展现着民俗文化沧桑巨变与恒久真切的地域传统。成千上万双穿用过、作废了的破旧鞋子,如几何图形般摆成了一地一墙的花坛浮雕,令人想起穷困艰窘与亲切质朴的前小康往日,想起那么多陕北农民走在山峁峁上,腾扑楞蹬,千辛万苦,也让你想到他们现在的脚板,穿的已是焕然一新的靴鞋了。人民的脚步勇敢向前,走出了历史,走出了壮烈,走出了新生。

这些旧鞋子,原来是造纸厂从民间收购的原料,后来,纸厂停业,还乡报民的老县委书记出主意,将破烂鞋子清洗得干干净净,建馆时把它们精心陈设安排,充分地艺术化伟壮化了,于是就有了这一个抚今思昔、感慨万端、面对历史、展望前程的鞋子展室,使千百双劳动人民穿废了的鞋子的陈列,具有了一种幽默、一种庄严、一种感动,一种成功后对往日的回想与温习。生产生活的实用性更迭来去,正在成为陈迹的一切手段与用品,仍然唤起着往日荣光、质朴、艰难的回忆,激起对今天对新时代的成就的豪情自信,成为源远流长的文化记忆与文化资源。生活、发展、获得、更替，种种变化，样样更新，你面对的是生活，是山河，是翻天覆地的历史，是换了人间的故乡家园。

酒瓶子陈列室也令人惊喜。小小的西北山村，同样再现了李白的"人生得意须尽欢，莫使金樽空对月"的豪放。抬头一看，连屋顶上的吊灯，也是由一只只闪闪发光、灵怪滑稽的酒瓶子组成。酒瓶在歌唱、在说话、在飞舞、在挑逗耍戏，在显摆曾经具有的威力，酒瓶子激活了山圪垯。

赤牛圪活力无边。看着这些博物馆里的农家什物，于是，从烟火生计、家国天下、艰苦奋斗，到革命情怀、改天换地……你一下子什么都明白了。

圪读"洼"，意为山坡（圪也读"挂"），必须坦白，此前我不认得这个字。旅行与识字结合，增长了知识，扩大了心胸，深化了乡土爱恋。赤牛圪二百多户、一千多人，它获得的美誉有："美丽乡村示范村""宜居村""乡村旅游模范村"，还有"休闲""旅游""治理""文明""艰苦奋斗""黄土文化"等面面俱到的示范村落、宣教中心，头衔满满。

村里还有独树一帜、并非专业却是最成功最美好的演出。在主山坡下边，以退休了的石磨石碾为座位，我们观看了名为"高高山上一头牛"的生活劳动爱情全面展现。高高低低、远远近近、男男女女、老老少少，演员全是本村农民，一个罗锅的没有，一个歪歪扭扭的病夫病姑没有，全部是健康精干的米脂婆姨绥德汉。男生系着羊肚子毛巾，女生戴着蓝花花头巾，跳着唱着登上山坡大舞台。他们扛着锄头铁镐，牵着老牛小驴，推碾转磨、开荒种田，表演着婚丧嫁娶，唱着秧歌情歌、新词旧词，革命调、调情调，酸曲蚀骨、雄风震天，劳动号子排山倒海。

昨天就在眼前，昨天一去不复返，昨天奋斗迎来今天。眼前是高音喇叭、保真背景音乐，春节序曲、秧歌起舞，其乐何如！演出是公司化的，每一场演出后，每位农民兄弟姐妹演员的银行卡里就会多出人民币25元。全村多半人亦工亦农、亦文物亦艺术、亦服务亦演员，当然也不会误了庄稼大枣。天天上千旅游嘉宾，改革开放带来的文化旅游市场生龙活虎，人财两旺。

生活就是文化，村庄就是景点，山坡就是舞台，人民就是主角，一举一动都是纪念，一声一息都是乡土中国。我坚信，这种全民全景、多维多面的文化生活，这种人多势众、热火朝天，自信自创、自闯自立，源自毛泽东那一代革命家带来的当家做主、人民翻身的红红火火的精神，还有当地革命者刘志丹、习仲勋等播下的人民革命的火种。看着听着，你不禁要说：陕北不朽，黄河不朽，黄土高原不朽，人民传统不朽，老革命根据地不朽！

疫情造成了多次推迟，首届中国非物质文化遗产保护年会终于在2023年2月17日在榆林召开。这是一个绝佳的选择。在佳县,人们在赤牛坬、在绥德、在榆林老城,感到了革命的气势和底色,看到了发展了提升了的山沟文化生活。开了眼,舒了心,提了气,加了温!

(原载《光明日报》2023年3月30日 1版)

感受光明

蒋子龙（天津市作家协会名誉主席）

在深圳光明区下饭馆，点饮品或甜品，竟然可以尝到"牛初乳"。这么多"牛初乳"供应市场，得有多少第一次下奶以及尚未成年和早已成年的奶牛啊？这里可是中国的一线繁华大都市深圳！

放眼四周，高楼林立，深圳光明区聚集了诸多科学研究机构和高新技术产业，建起了世界一流的科学城——"国家科学中心"。白昼一派繁华，夜晚灯火通明，我们想象中的未来真的到来了。

这其实是"光明"的应有之义。奔向光明是人之天性，光明区拥有人口百万，藏龙卧虎，不乏来自全国乃至世界各地的高端科技人才，个个施展殊能。它恰好又位于"广深港发展的中轴"，是广深科技走廊的重要节点，便自然而然地成为深圳的"智造高地"、生态型高新技术产业区，可谓得天独厚。

空言"高大上"欠缺说服力,还是要提供具体的镜头。光明区有一街道名"凤凰",由当地一古村名演绎而来。此地曾有一山,昂首向东,甩尾于西,两翼往南北伸展,状若凤凰展翅。每天清晨,上班的人陆续走出主街两旁二三十层高的住宅楼,进入胡同,又由胡同涌向主街。如同山间飞泉倾泻而下,最终汇成滚滚洪流,浪催浪赶,奔向街口。

这洪流中除去步行者,还有14000辆电动车和数不清的汽车,"上班族"逸兴遄飞地奔向工作岗位。这是忙碌的洪流,也是欢乐的车水马龙,畅然爽然,夹带着诗人的吟唱:"日出不是早晨,而是朝气……"经历过疫情大考的人,体验会更深刻,仿照一句名言:人生真实的、永恒的、最高级的快乐,首先是从工作中得来的。

光明区有个"凤凰之环",就在此街,由珍珠、钻石般的高端企业构成。在数字时代,要说明这个"凤凰之环"的价值,也不妨用数字:区区一个街道,竟集中了一批高新企业、大型企业,有年产值(以2021年为例)超百亿元的企业4家,超十亿元的企业15家,产值过亿元的企业56家,当年"规模以上工业总产值1419亿元"。

——"规模以上"这个词,令人感到新鲜,企业要达到一定的规模,才可进入统计范围。无以计数的"小打小闹",尚未囊括其中。

当今世界是经济社会，在商言商，曾有过负债写作经历的陀思妥耶夫斯基，在作品中说："金钱是被铸造出来的自由。"历史和现实都证明，在地球村的丛林里，贫穷落后只有被卡脖子或挨打的份儿。王尔德则更直截了当："在我年轻的时候，曾以为金钱是世界上最重要的东西。现在我老了，才知道的确如此。"

而光明区给人的启示是："让利润充满阳光，让财富远离虚荣。"他们做到了。

凤凰之环的中心，是"田园科学城"。在深圳，高楼大厦并不新奇，田园般的高楼大厦或高楼大厦式的田园，就不一样了。光明的"高新技术产业区"不难理解，为什么会是"生态型"的？高新技术和生态如何协调？

不可把光明想象成现代大都市里普通的繁华区。这是岭南的一块宝地，面积156平方公里，背山面海，岗峦起伏，端的是"百里青山入繁城"。区域内是典型的多台地和冲积平原，土地资源丰富，潜力深厚，善生俊异。因此，这个现代工业发达的光明区，竟然还有："亚洲最大的养鸽基地""国内最大的鲜奶出口基地""广东最大的西式肉制品基地"……因此，在光明的任何一家饭店里都能喝到"牛初乳"，也就不足为奇了。

有土地，还要有生命之源——水。光明区水系丰富，茅洲河穿境而过，另有15条干流和支流，草长莺飞，生机盎然，人们沿水而嬉，气韵俱盛。水域广阔，于是形成鹅颈、大凼、红坳等18

座水库,其中公明水库,面积6平方公里,相当于杭州的西湖,水深60米,库容1.42亿立方米。

——从这个意义上说,光明区可谓深圳的"大后方",或者叫做"根据地"。

其实,光明是块古地。建制于明末清初,曾名"公平圩""公正圩",取"公道""光明"之意,以彰显公明,辨别善恶。

公道自然光明,光明必须公道。1958年成立"光明农场",专为香港提供高品质的农副产品。于是,"光明"有了更具体而深邃的涵义,公平之上还有正义,光明之上还有人道。

天高地厚,山水连城,大自然赐予光明区上佳的生态环境,再加上精心规划细致维护,自然是锦上起锦,花上添花。域内多古树奇木,卓然高枝,撑出浓荫,洒下一片清凉。除较集中的万亩荔枝林和83平方公里的生态控制区外,全域随处可见果木。红花山公园、虹桥公园、欢乐田园等260座大小不等的社会公园,构成全区别有特色的花园体系,"推窗见绿,出门入园"。

光明、光明,不远闹市,又不失宁静。林在城中,水在林间,房在园中,人在花间……穿过繁华的中心区,便是绿原阔野,阡陌纵横。譬如大顶岭,山不是很高,道路整洁,没有垃圾不足奇,也没有随处可见、人们却又见怪不怪的视觉污染,就令人格外神清气爽。山上山下古木森森,繁荫重重,是人们活动腿脚、强健身心的仙境般去处。

向往光明，自然要有一个归心亭。这是一座建在山岗上的高台，周围珍卉丛生，随时异色。台顶建亭，亭外有敞阔平台，清风习习，是百姓消闲妙处。每当夜幕降临，站在台上纵目远眺，深圳和香港的万家灯火，尽收眼底，四周光华璀璨。平台上，情侣私语，孩子嬉戏，老中青在跳舞，还有合唱团放声高歌……

弘一法师曾书名联："放大光明百千亿，灭除一切众生苦。"光明的涵义——不就是饶益众生吗？

（原载《光明日报》2023年4月3日 1版）

春天的茶讯

叶辛（中国作家协会原副主席）

春天来了，春茶上市，我半个世纪前插队落户的安顺，友人汪海又和往常一样，把春茶寄到了上海。是考虑方便吧，他照例把散发着清香的茶叶，寄到当年和我在同一公社的炳曜那里，炳曜头天收到，第二天就送到了我家里。我当即冲泡了一杯，端起玻璃杯，茶色碧绿生青，茶汤清澄如许，无一丝杂质，缕缕清馨，让我仿佛又回到了知青年代早春时节的山野。

随后几日，黔东南雷公山麓雷山县的熟人，趁来上海出差之际，送来两盒雷山的银球茶。这茶的特点是回味甘爽，喝了还想喝，还想喝。

几乎是同时，梵净山下的白茶、翠芽也寄到了。

如果说往年春天，我收到贵州乡间茶农们寄来的茶都很高兴的话，那么，今年的我，在一一收到友人们寄来的春茶时，分外地、出奇地高兴。

为啥子呢？

只因往年我在答谢他们时，总是不忘提醒和"批评"他们，茶叶很好，我这个和贵州结缘55年的老人，喝来也很有感觉，只是，时令过了，节气不对，你们得想方设法、千方百计，把春茶上市的时间提前、再提前，提到清明节到来之前，提到春雨遍洒下来之前。要做雨前茶，至少做出明前茶来。

江南文人，读书也好，痴坐书房凝思也好，三五知己品茗纵谈也好，讲究个喝茶的时节。有了清明节之前的春茶，总会兴奋地邀约好友，小聚一番。自古以来就是如此。作为江南核心地域的上海，更是如此。到了春天，就盼着明前茶上市，馋一口清明之前的春茶喝。

同样是天下闻名的龙井茶，清明前后的价格，相距甚大。出名的狮峰龙井、梅家坞龙井，明前价格最高。而同一地块山坡产出的茶，炒得再香，一过清明，价格便骤降。

这便是江南茶叶的春讯。

贵州省在改革开放以来的四十多年里，不断发展茶业，如今栽种了700万亩茶，成为全中国21个产茶省里栽种茶叶最多的省份。茶产业为贵州脱贫攻坚、乡村振兴，作出了突出的贡献。在贵州，绿茶中的都匀毛尖、湄潭翠芽和锌硒茶，红茶中的遵义红、普安红，都是上口喝过之后就能让人留下记忆的好茶。

在贵州山乡劳动时，在文化部门工作时，回上海以后，我之所以年年在报纸上写一点喝贵州茶的小文,就是强调,好茶也要勤吃喝,让世人知晓,让喝茶人士关注。近年来我更是直截了当地在贵州说,在上海也说,所谓春茶的讯息,就是要抢节气、抢时令,把开春的好茶送进市场。随着春天的脚步走近,随着祖国由南而北地天暖花开,让散发着兰花香、玫瑰香、栗香气息的春茶,走进千家万户,搁在所有人的案头。哪怕是在不出太阳的多云天、阴天甚至雨天,也能透过玻璃杯,看着片片芽尖在开水冲泡后逐渐舒展、翻滚开来,感觉到那股来自大自然的春天的气息。

之所以这么关注春茶的讯息,只因我在当知青的青春岁月中,和贵州山乡的各族农民一起,种过茶,采过茶。晨雾缭绕的清晨,和男女老少乡亲们相互招呼着上坡采早茶的画面,至今历历在目。那呼群结伴的热闹劲儿和欢声笑语,永远难以在记忆里抹去。

那时回上海探亲,带上一点村寨上分的茶,请上海的同学们喝,大家都说这茶好,问是什么茶。我只能照实说,是乡间的土茶,便宜得很,赶场天只卖4角钱一斤。

那年头没啥商品意识,只是带点茶给家人同学表示一下心意。心里其实认定了,山乡里出产的茶,其中也有我的一分劳动,实实在在的,是汤色澄明的好茶。

改革开放40多年了,山乡里的土茶产生了效应和影响,逐渐为外省人、为精明的茶商、为世人所知,我愈加觉得,该重视春天里的茶讯。

这就是为什么,今年的三月,收到贵州山乡的春茶,我格外兴奋和喜悦。

稿子写到这里,快递员敲门,原来是黔北老乡的野鹿盖茶寄来了。这地方我去过,大山深处漫山遍野的青草丛中,时有野鹿出没,故此茶名"野鹿盖",喝来不仅汤色鲜、美,而且提神。

收到从贵州东、南、西、北各个山乡寄来的茶后,我还做了一件事情:把这些云贵高原上产的茶,和江南出产的名茶作对比。

有句话说:"秀才人情书一本。"文人之间交往,会把自己的近作,送给友人。有人问过我,你们难道只是送本书?我往往笑道,有时候也送礼,离得远的朋友,那就是"秀才人情茶一包"。从黄山来上海的老知青,会携来黄山毛峰。苏州家乡亲属,带的是太湖边的碧螺春。江西的文友,会把庐山云雾茶、狗牯脑茶装在景德镇瓷罐里寄来。杭州的亲戚朋友,当然早早会把龙井茶捎到。

这些都是名茶了,我把这几种茶,和贵州山乡茶农产的新茶泡来对比,比汤色,比香气,比滋味,也比每一瓣芽尖、芽片的绿。对比完了,我让这些茶泡在玻璃杯中过夜。第二天早上起床,我会走到这一排杯子前观察,不用细看,茶叶的色彩、鲜丽度，茶叶有没有变褐、变灰，可以说一目了然。

我得说一句大实话，出自贵州远远近近山岭中的茶，丝毫也不比这些个全国名茶逊色。

我把这个体会说给上海的茶客，上海的茶客不服气，说我是带着偏向评茶。"这些全国名茶，标价往往高得令人咋舌啊！不比你茶农在山寨上自产自销的茶好吗？"于是就会发生争论，甚至会争得面红耳赤。当然，既然是能坐到一起品春茶的茶友，我们争得再激烈，也是不伤和气的。相反，只会越争越亲热，越争越愿意坐在一起品茶、论茶、斗茶，增进我们的友谊和感情。

读者朋友一定看得出了，春夏秋冬，一年四季，我的每一个早晨，都是从泡一杯来自贵州山乡的早茶开始的。

"茶叶当年是个宝，茶叶隔年是包草。"这是古来关于绿茶的谚语。从这个意义上来说，早春时节收到贵州的茶讯，遥想"一片叶子富了一方百姓"，我怎能不兴高采烈哩！

（原载《光明日报》2023年4月10日 1版）

幕阜人家

陈世旭（江西省作家协会原主席）

赣北修水县，有幕阜山，庐山为其东延余脉。三国东吴太史慈于此置营幕，拒刘表从子刘磐，故名。

那年，我到修水参加文学座谈，当地几位同行说起幕阜山，令我极为神往，当即决定徒步山行。几位同行生长于县城，也无深山经验，跃跃然。

修水古老，崇山峻岭蔽塞幽深，避乱隐匿的饱学之士历代不绝，涵养出深厚人文，为吴楚文化结合点，向称"文章奥府"。宋代黄庭坚诗书双绝；近现代桃里陈氏"一门五杰"。

然而，我最想亲历的，还是山里农家日子。

一早从县城搭车，到数十里外的东津水库过渡。四面峰峦叠嶂，数万亩水面，国家一级水体，澄澈晶莹，透明度近十米。

离船登岸，踏上幕阜台阶。

几处废墟，门墙兀立。中堂枯裂，字迹依稀。案上香炉，死灰沉寂。

第一天的行程与修河相伴。过河不必舟桥,来自远山的竹排,漫河漂浮。跳跃其上,绿竹铿锵,珠玉迸溅。手之舞之,足之蹈之,不知今夕何年。

发源于县境四周山地和邻县的支流,蜿蜒曲折,汇注修河。溪河密布,纵横如网,形成完整水系。河水色若翡翠,从大山夹缝迤逦而来。两岸古木参天,枝头鸟鸣,草径鹭闲,云岩晓钟不知处,野渡无人舟自横。回首来处,已消失于苍茫。

当夜一行落住乡镇。

一条小街,在夕照中半明半暗。由此可往湖南。乱石铺地,芳草点缀,街边屋舍,静如处子。路口居然有一个乡村医馆,墙上贴着端正的墨迹:

"杏林中人"。

杏林故事就发生在离此不远的庐山脚下:隐居的三国东吴道医董奉治病不收钱物,重病愈者,栽杏五株,轻病愈者一株,多年后,杏林郁然。

郎中是本乡人,祖传行医。因记起清代《义宁州志·方技》有云,修水以医术著名于京都、省垣或乡里的有数十人之多。

听说我们要徒步穿过幕阜,郎中颇惊讶,沉吟说,至少还有两天路程。并告知,山里走路,记住两条:一,路在嘴边,见人问路;二,走没有草的路。没有草,是因为行人多。即使走错了，也一定会遇到人家。山民淳朴，他们出山，把气温升高后多余的衣衫和返回时的饭食挂在路边，绝不担心遗失。

第二天的行程都在山上，曲折起伏。草深树密，荆棘牵衣。终于来到一个敞亮处，一行人却倒吸了一口凉气：横在前面的是一个大峡谷，谷底的村屋，看去如同火柴盒；两面壁立的陡崖之间，一座索桥，将近一里长，铺板疏密不一，在峡谷飕飕的风中晃晃悠悠，让人双腿跟着瑟瑟颤抖。

进，还是退？有了踌躇。

对面出现了一个负重的身影，近了，竟是一白头老翁，赤膊，光脚，精瘦硬朗，肩上的扁担被箩筐压弯。整个上午我们见到的这唯一的一位山民，让一帮城里书生汗颜。

我一咬牙，大踏步走上索桥。人多，桥晃得很厉害。好不容易到了对岸，所有人浑身已经汗湿得像从水里捞出。

惊魂甫定，日已过午。翻过一重山岭，精疲力竭。饥渴难耐时，忽听山谷上面传来山歌，细听是唤远来的客人歇脚。

我们登时精神一振，奋力攀爬。

岭上，一片平畴，村屋参差。一群村民喜笑颜开，快步迎来。

方才，他们只是听到空谷的人声，便打起山歌，邀请难得的不速之客。我们的出现，令他们不胜喜悦，称除了他们在山下生活的儿女，此间几十年从不曾来过城市人。

板屋老旧，但高大空阔，窗明几净。坐定后，我喝到此生喝过的最好的茶：

粗瓷大碗，盛炒熟的芝麻、黄豆、花生，盐渍的菊花、姜丝、笋丁、萝卜干末，林林总总。水是清澈山泉；柴是清香松木；茶是大叶野茶。滚水冲泡，色若琥珀，香若蓓蕾，醇厚如古书，通透直穿心脾，饮之不觉两腋风生。佐以炒薯片、冻米糖之类的农家小点，美不胜收。主人随后又端来喷香的米粑、煮熟的鸡蛋和浓稠的腊肉汤之类，称作"当茶"或是"代茶"。

劳顿不堪的一行人不禁欢呼。

修水盛产茶叶，双井茶早在宋代就名誉京师；宁红茶也向以"茶盖中华，价甲天下"称著海内外，但我还是认定，修水山民的这种待客茶才是神品。天下至茗，莫过于此！

野茶于"清水高峰，出云吐雾……饱山岚之气，沐日月之精，得烟霞之霭"（《清水岩志》），不入市井，遑论庙堂：自生自长，无污染之虞；自荣自谢，无邀宠之志；自制自饮，无赢利之欲。养在深闺人未识，或许是一种遗憾，但正因此，在纷繁世事中保有了一份本真，让有幸见识的人激赏恨晚，从此怀念终生。

这次饮茶经历，让我有两点觉悟：一、世上最有名的固然不乏是最好的，但最好的却未必是最有名的；二、世上最珍贵的皆是无价的，有价的其价值都是有限的。

几位老者都在城里儿女家住过，住不惯，回到了山上。

"老屋自在。"

他们说。

畅快间，主人遥指屋外悬于天际的本地名山雷峰尖，相传是雷神升天处。曾经有过一座庙，老少两位僧人。老和尚烂脚，小和尚每天一早到山顶采露水为师傅清洗。数年无日间断。有一天，小和尚上山前，老和尚吩咐，今天莫采露水，给我摘只桃子。雷峰尖有棵桃树，异常粗壮茂盛。但时值严冬，哪来桃子？想不到小和尚去时，桃树上竟有一只鲜桃光彩夺目。他去摘，鲜桃忽焉上移，他随之上攀。又移。又攀。终至升天，修成正果。

我静静听着，渐渐出神，恍若隔世。迷离中，隐约泛出山下双井村黄庭坚墓碑上镌刻的手迹：

似僧有发，

似俗无尘，

做梦中梦，

现身外身。

（原载《光明日报》2023年4月17日 1版）

荆江十六玦

刘醒龙（湖北省文联主席）

季节真好，溯长江而上，两岸黄灿灿的油菜花，将一江春水染成一条宽广的金色坦途。然而，在石首这里，长江中游被称为荆江的这一段，更像从石器时代起，遗存至今的珍稀而高贵的玉玦。

到石首，第一个要看的是博物馆。博物馆不大，一座小楼还有一半用作图书馆。展厅内，司空见惯的陈列柜里安放着那只令人闻之瞠目的战国时期的原始青瓷瓿。战国时期的青瓷，既不似元青花那样稀者为贵，也不如明青花那般优美典雅。作为见证陶器衰、瓷器兴的过渡之物，它缺少前者的深幽厚重，显得青涩稚嫩，又因为沉淀了前者的土气，免不了染上未老先衰的埋汰意味。石首青瓷瓿之所以成为举世无双的国宝，就在于其底部有几道破损的缝隙。两千多年前的这些裂缝，是其两千多年前的主人不小心打破所致，又被用那个时代的独门绝技黏合到一起，从而还青瓷瓿以本来面目，成为世间之仅见。如斯国宝，两千多年后，人们将长江水注入其中，宛若金汤铸就般滴水不漏。这，对今天的人们有着何种启示？

在条条河水入长江的湖北，万里长江用每一滴水创造的自然奇迹和人文奇观，无不浓缩在被叫作"荆江"的这一段。

长江之水，由荆州流出，在离石首还有几十公里的江陵铁牛矶，拐了一个惊天动地的九十度直角大弯，肆虐江汉平原亿万年。也是受够了上游三峡的束缚，临近江汉平原了，要用别名荆江时，先变身为泛泛汤汤树枝般分汊型河床，弄得那一带的地名叫作"枝江"。在铁牛矶还不叫"铁牛矶"时，那些网状的分汊河道汇到一起，按道理当会以泰山压顶之力一泻千里向东去。然而，冲破四川盆地的长江，被叫作荆江后，性情大变——能劈开云贵高原的巨大水流，遇上小得不能再小的铁牛矶，居然立即侧转身来，逃也似的向南狂奔，到了石首城外的藕池口才再次侧转身回归东向。再次转身的荆江，到洞庭湖的出江口城陵矶直线距离只有80公里，却绕了十六个大弯，硬是将俗称下荆江的这一段延长3倍，变成240公里，并导致石首一带的河床频繁发育和蠕移，不断发生自然裁弯取直事件。裁弯取直后的新河道，由于坡降变大，流速增大，侵蚀力搬运力增强，河道迅速扩大，又有可能发展成新的弯曲。老河道则相反，随着大量堆积物的产生，逐渐与主干道隔绝直至完全断流，最终形成地理学上的"牛轭湖",也就是常言说的"长江故道"。曾经位于江南、自然裁弯取直后腾挪到江北的天鹅洲,亦名"沙滩子故道""六合垸故道"。裁弯取直的河道流向,强化过流能力,减轻洪涝威胁,缩短运输航程,然而,也往往会引起堤垸崩塌、河道淤塞、洪水泛滥的连锁反应,酿成新的灾害,给人民群众生命财产造成损失。一弯变,弯弯变,自然的事自然会发生,所谓顺其自然,也包含着对不尽如人意的无可奈何,这才有了"万里长江最险在荆江"之说。

不到石首,就不知道为何说,万里长江,险在荆江。

到了石首,才知道荆江十分险,九分在石首。

石首这一段,给中国第一大河流、世界第三大河流,打造了结结实实的十六个河环。若是不想将十六处大弯称为十六个河环,完全可以称其为十六只巨型玉玦。

十六只玉玦圈出十六片色彩斑斓的沙洲。在这些天造地设的沙洲里,天鹅洲的美丽最为夺目。1972年7月,六合垸江道自然裁弯取直后,被新的长江故道圈成天鹅洲,百鸟来朝,先后在此设立的白鱀豚、麋鹿国家级自然保护区,更让天鹅洲举世闻名。

那天晚上,与石首博物馆不同时期的三位馆长聊他们的镇馆之宝。听我说石首有七件国宝,馆长们马上齐声纠正说只有五件——若是算上1928年贺龙和周逸群在战斗中遗失,被当地一位少年发现后藏于自家水塘中的印章等,确实是七件,但那两件现藏于北京的中国人民革命军事博物馆。其实，我想说的是，除了石首博物馆馆藏的兽面纹青铜镈、北宋白瓷盏托、明代杨溥墓志铭志盖、明代张璧松鹿纹玉带板、战国时代原始青瓷瓿这五件国家一级文物之外，石首还有两件"超级"宝贝——江豚与麋鹿。

用十六道河环组成的荆江，令人想明白一些事，准确地说，是这些事贯穿着同一个道理。360公里的荆江，一再变换身段，摇摇摆摆，忽南忽北，像一条银蛇在蜿蜒，留下的道道河环，宛如石器时代的巨大玉玦。等到了下游的城陵矶，回眸来看，江流的每一次变化，就像先祖用黑色树胶粘补的原始青瓷瓿，都是对自身目标的创造性修补。在天鹅洲上上下下的特殊保护下，几近绝境复生的江豚与麋鹿群落，毫无疑问是对野生物种亡羊补牢的成果，也是对自然世界满怀悔意地修补后的见证。最能一目了然的修补是，自江陵往下沿江数百个转运散装沙石水泥和煤炭的小码头，全部改为密封廊道，腾出来的江堤，种的种，植的植，成就了江南大地上以百公里计的长长的鲜花飘带，以及被鲜花飘带簇拥着的十六只历史之玦。

天地造物，每一件都有其深意。地理学上的荆江是用十六个河环组成的，人文学上的荆江分明是十六只巨大的玉玦。当年鸿门宴，范增接连三次举起玉玦，那是催促项羽决断。《聊斋》中狐女小翠消失之时，留下一块系有玉玦的丝巾，那是和情人诀别。绝人以玦，反绝以环。有着十六只巨大玉玦的荆江，象征着一次次的决断。修正的河道正如修补后的原始青瓷瓿，用新的完美，誉满新的人间。这也应了河环之"环"的寓意。环者，还也，只要人们有正确的决断，美的幸福，美的富强，都会回来！

（原载《光明日报》2023年4月24日 1版）

春天的丁字步

肖复兴（《人民文学》杂志社原副主编）

　　天坛，有很多舞者，大多是女的，年龄在五六十岁，甚至更大些，属于大妈级舞者。这样的舞者，一拨一拨的，分散各处：斋宫东门前的林荫道上，祈年殿外的红墙下，北门两侧的白杨树下，柏树林或丁香树丛的空地上……其中最耀眼的是一群身穿民族服装的舞者。我端详过她们的服装，有些像藏族，又有些像蒙古族，有的人戴着的帽子，系着的围巾，打着的手鼓，又像维吾尔族。想来都是随心所欲的改良版吧。那么多人，自己掏钱，定制这样的统一服装，专为跑来跳舞，真的是天坛一道别致的风景。

　　疫情这几年，这样的舞者见得少了。今年开春以后，舞者像约好了似的，蓦然多了起来。天坛就是风向标和温度计，人多人少，一下子能看出来，像是喘了一口粗气，呼吸了一口新鲜的空气，带有它自己的心情、感情和表情。常能看见带着行头或披挂着鲜艳舞装的人，说笑着走过来，像是赶赴什么盛会。

那天上午，我在北门东侧的白杨树下，见到一群女人正在跳蒙古舞。白杨树下有棕色的椅子，我习惯坐在这里画画。以前就常见到她们，年纪六十开外，穿着色彩鲜艳的改良版民族服装，旁若无人地舞蹈。地上摆放着录音机，播着悠扬的舞曲。这里，简直成了她们的专属舞台。尽管初春的风还有些料峭，她们依然坚持来到这里，舞步轻扬。

录音机里，播放着《美丽的草原我的家》。她们的服装，很配这样的曲子和舞蹈。她们的舞蹈和广场舞不一样。广场舞，没有服装的要求，也不会这样舞步标准，更多是为了锻炼身体，也为了接触交流，打发时光，甚至能舞出个儿把的黄昏恋来。她们则多了一些艺术的味道，或者说是人老心未老，在心底泛起一点期许，微薄、却总也放不下的一点儿抓挠。

所以，和她们交谈时，千万不能说她们跳得像广场舞，这会让她们不乐意。说实在的，她们确实跳得好，无论舞姿，还是感觉，都那样的有味道，一看就是起码受过一定的舞蹈训练，并非伸伸老胳膊老腿的机械活动。

有时候，我仿佛恍惚看到她们年轻时的样子，想象那时候一定比现在要风姿绰约，甚至风情万种如同歌剧《温莎的风流娘儿们》中的主人公。这想法，多少有些对她们不够尊重，但想起年轻的时光，谁的青春不是充满着蓬勃的欲望和希望呢？想当年北大荒那么多由知青组织的文艺宣传队,无论演出全本的《红色娘子军》,还是自己编的小歌舞;无论是在食堂临时搭起的小舞台上,还是在田间地头,甚至荒草甸子里;何等热闹!那些跳舞的女知青,平常走路都起范儿,即便站着,在食堂里排队领个饭,也要丁字步的。感觉那样良好,超凡脱俗,仿佛不是在荒原,而是飘飘欲仙入殿堂。跳舞,就是这样能够让她们如同鼓胀起风帆的小船,自以为可以飘荡到很远的地方。

当然,这后一种想法,我有些不好意思讲出来。我前面的想法,特别是她们的舞蹈和广场舞的不同,如果和她们讲,她们是绝对认同的。

这一天,她们跳了一段,到白杨树下的长椅上,坐下来喝口水休息的时候,我对一位站在我面前的大姐说了这样的话。这不是讨好,是实情。她听后望了我一眼,点点头说道:我最烦别人说我们是跳广场舞!

这一群舞者的衣服提包水杯,有的放在长椅上,有的挂在树枝上,甚至干脆堆在地上,五彩斑斓,如同盛开的春花。她们在这里换服装,在这里休息,在这里切磋,在这里聊天,这里是她们的舞台,也是她们的后台。白杨树是天坛里最高的树了,她们选择在这高高的白杨树下跳舞,实在比在别处更显得广袤高阔,和她们跳的蒙古舞是那样匹配——天苍苍,野茫茫,比在灯光炫目背景辉煌的舞台更合适。大妈级舞者,在这里跳出了不一样的味道，不比那些在正式舞台上的年轻舞者差。特别是有的还身材匀称，个头儿高挑，会让一些已经臃肿的年轻人自愧不如。

我身边的这位舞者，就是这样一位清秀苗条的人。我夸赞她跳得真好，问她以前是不是练过舞蹈？

她说小时候在少年宫学过芭蕾，考舞蹈学院附中人家说她身材矮些，没有要她，挺遗憾的。我听出来了，她有些失落，毕竟是少女时代的梦。

我想问她多大年纪了，又觉得不太礼貌，便问她是哪一届的。她告诉我六七届的，属兔。我心里立刻算出来了，今年本命年，七十二了。我们同是老三届。便又问：那你肯定插过队了，我去的北大荒，你呢？

北大荒三个字，让她兴奋起来，立刻对我说，我也是去的北大荒！然后告诉我：那时我们农场排演芭蕾舞剧《红色娘子军》，我重新穿上芭蕾舞鞋，特兴奋！那还是偷偷从北京带去的呢，本为留个念想儿，没想到还派上了用场。好多年没练过功了，练得我的脚指头都磨出了血泡，指甲盖儿差点儿没磨掉。遗憾的是没让我演吴清华，只演了一个红军战士。

她快人快语，说得有些遗憾，也有些爽利。远去的梦想，如今，在这里春风二度。人老了，有旧梦能重温，并没有马逐尘去，杳无踪影，也是件开心的事情。

我对她说：你可真是够棒的，去北大荒还带上芭蕾舞鞋。你这是不甘心啊!

说得她咯咯笑了起来：可不是嘛！怎么说也是自己的一个梦，即使破灭了，也曾经有过这个梦啊！

是啊，谁年轻的时候没有一个梦呢？大梦，小梦，都是梦，一般都比现实要美，更值得回味。她说得有些伤感，或者说有更多复杂的感情。我望了望她，鬓角花白，涂着淡淡的妆。忽然，才注意到，她站得那么腰身笔直，丁字步，一直习惯地立着。

舞曲又响了起来，她鸟一样迈着轻快的舞步，走了过去。很多舞者也都走了过去，跟随着乐曲翩翩起舞，如水流一样自然汇合，涟漪轻轻荡起。我望着她轻盈的舞姿，哪里像七十二岁的人，可毕竟已经七十二了。望着她身后的白杨树，我想起了北大荒，在北大荒，常见这样高耸的白杨。这里不是北大荒，是天坛，可这里怎么又有点儿像北大荒？

（原载《光明日报》2023年5月4日 1版）

有村名北极

王充闾(辽宁省作家协会名誉主席)

"有村名北极,无客不南来。"这副妙对的产生,缘于几年前的一次结伴出游。

时当盛夏,参加完在海拉尔举行的学术研讨会,沪上的吴教授约我同游漠河北极村,我欣然应承,说那是我的旧游地,我可以充任半个向导。

途中交谈,我追忆了初访北极村时的观感:滚滚东流的黑龙江,在这里绕了一个弯儿,将它环抱起来,令人记起老杜"清江一曲抱村流,长夏江村事事幽"的诗句。长堤信步,瓦蓝瓦蓝的天,点缀着几朵白云;树冠墨绿,叶片上仿佛闪动着亿万个小镜子,透着一色清新、灵澈。堤边铺晒着一些新割下的青草,透出浓浓的花草香味。久违了,这花香草香!童年、故乡,不期然地回复到眼前。

江堤内侧,坐落着一户木刻楞式农家房舍。四面墙壁全由圆木垒成,隔寒蔽热,冬暖夏凉。园子里栽种豆角、茄子、西红柿,篱笆上挂满了脆嫩的黄瓜。正在园中劳作的夫妇,听说我远道而来,赶忙从井里汲出一桶清水,又摘下几根黄瓜,浇水洗涮。男主人说,吃吧,这瓜有说道呀,它们长在祖国最北的人家。

夜晚,村里安排观看极昼、极光。将近23时,游人聚集到江边的一处开阔地带。这哪里是深夜啊,西边的暮霭还未退场,东面的朝霞已经起身了,北面白光光的,看去既如傍晚,又像黎明。在这里,人们的一些常识性概念被颠覆了。"太阳东出西落"——不,日出的方向应该是偏北。"晚霞朝晖",就是说,一个在晚上,一个在清晨——不,在这里二者可以说是同步现身。李商隐说:"夕阳无限好,只是近黄昏。"朱自清先生嫌它有点颓唐,改为:"但得夕阳无限好,何须惆怅近黄昏!"在这里,不仅夕阳好,黄昏也更长,从晚五点算起,总有六七个小时吧。

我的这些描述,益发燃起吴教授的兴致。到达北极村,酒店住下,简单用过午餐,他便笑着挥手:"老兄很会吊胃口,听着入迷了。走!抓紧出游。"

这样,我们便穿过林丛,踏上栈道,来到了北极沙洲。这是半个世纪前一次特大洪水过后形成的一片沙淤地。说是"沙洲",其实是道地的绿洲,满眼绿意葱茏。因为刚从呼伦贝尔草原过来,脑子里立刻唤起绿浪接天的记忆,竟不知此身何处。

虽说我是旧游重到，可是，般般都感到新鲜、醒眼，处处焕然一新。游人增多了，可看的景点各具特色。就说这个北望垭口广场吧，触目可见的石头上，都刻着形体各异的"北"字，据说共99个。我们边走边看，发现了晋代王羲之，唐代李世民、欧阳询、贺知章、怀素，明代王铎，以及今人毛泽东的笔迹，一个个斗艳争奇，丰姿潇洒。

更引人注目的是一座三棱锥形、银白色的雕塑，三条棱从中心以120度角散射排列，在斜阳的照射下，闪着熠熠的辉光，像是三只昂首向天、引吭高唱的仙鹤。实际上这是三个"北"字的半边，无论从哪个角度看雕塑，都是一个"北"字。字体以清代书法家邓石如的小篆体"北"字为原型。

吴教授站在塔下，面对午后的斜阳，说："全国各地的人，都来这里看'北'，可是，对于北极村来说，只有南。""咔嚓"一声，他那一瞬间的形象，被我定格在相机里。

扫视地面，发现石板上绘有一张硕大无朋的中国地图，上面标着全国各个省会城市，并且载明到这里的直线距离。他找到了上海：2420公里。那么，祖国哪个地方离这里最远呢？应该是最南端的三沙市的曾母暗沙吧？一看，是5664公里。

右行不远，见到一块略似中国地图形状的大石头，上面刻有一个五角星，这是北京，右上方顶端还有一个小红点，这无疑是北极村了。巨石旁矗立着一根高大的木柱，上面钉有指示不同方向的十多个木牌,分别写着开罗、悉尼、新德里、华盛顿、莫斯科等世界著名城市的名字,并都注明着与此地的直线距离。

我们议论说,这里的设计颇见匠心,富有开创意识。北极村的历史没什么特点,就是说,时间优势不明显,那么,就充分地在空间方位上做文章——把人文意蕴同秀美天成的自然景观结合起来;把书法之类的传统文化同抽象派的现代雕塑艺术结合起来;把现实中方位上的特殊性同中国古代的"北辰""北斗"概念结合起来;特别是抓住人们"常在他乡忆故乡"的心理,以北极村为基点,标示与各地的空间距离,以一线情丝把全国乃至世界各地的游人同北极村联结在一起。精巧的构思,以素朴、自然的形式出之,收到了很好的美学效果。

听到这些,导游过来,请我们题词。吴教授便在纸上题写了本文开头引述的那两句话:"有村名北极,无客不南来。"我说:"'北极村''南来客',天然恰对。"我题写了一首五绝:"情动南来客,欣题北地书。江村邀俊赏,览胜乐何如!"

结记着要去看望上次到过的极北人家,我很想念那对善良纯朴的夫妇,还有那清脆的黄瓜、奇特的木刻楞。这次在海拉尔开会,获赠一份十件套的俄罗斯套娃纪念品,生动可爱,我想转赠给他们。可是,问询结果却是,房主已经搬迁,不知去处。闻之怅然。

美国自然文学作家莫梅迪有言:"在人的一生中,他应当同尚在记忆之中的大地，有一次倾心的交流。他应当把自己交付于一处熟悉的风景，从多种角度去观察它，探索它，细细地品味它。他应当想象自己亲手去触摸它四季的变化，倾听在那里响起的天籁。他应当想象那里的每一种生物和微风吹过时移动的风景。他应当重新记起那光芒四射的正午，以及色彩斑斓的拂晓和黄昏。"我于北极村，就是这样。

窃以为，真正有价值的游观，在体验、欣赏之外，还应有思考与寄望。我深情祝愿：在现代化、商业化的大潮中，这里能少些喧嚣的声响、感官的娱乐，多些文化底蕴，尽可能保留质朴、自然的本色。从北极村走出的作家迟子建在文章里说过："我十分恐惧那些我熟悉的景色，那些森林、原野、河流、野花、松鼠、小鸟，会有一天远远脱离我的记忆，而真的成为我身后的背景，成为死灭的图案，成为没有声音的语言。"她生于斯，长于斯，与这片土地血脉相连，她把此间称为"梦开始的地方"。之所以说这番话，就是因为她实在太爱北极村了。

（原载《光明日报》2023年5月8日 1版）

钟鼓楼声韵悠悠

刘心武（《人民文学》杂志社原主编）

前两天我路过景山西街，发现街西的红墙内，露出修整一新的大高玄殿最北端一座两层楼阁。上层名"乾元阁"，八根柱子撑起圆形攒尖顶，覆盖着紫色琉璃瓦，亭立于平座之上，围廊环绕，非常抢眼。我知道其下层名"坤贞宇"，为方形，腰檐铺着黄色琉璃瓦，单翘单昂斗栱，虽然一时看不见，但可以想见其重现了昔日辉煌。这是北京市为城市中轴线申报世界文化遗产所付出的努力之一。北京中轴线申遗的时间表愈发清晰：2023年初，北京中轴线申遗文本已提交联合国教科文组织世界遗产中心；2023年下半年，国际遗产专家将赴北京考察；2024年7月，世界遗产大会将公布申遗结果。北京这条城市中轴线南起永定门，包括先农坛、天坛、正阳门及箭楼、毛主席纪念堂、人民英雄纪念碑、天安门广场、天安门、社稷坛、太庙、故宫、景山、万宁桥、鼓楼及钟楼十四处遗产点，而钟鼓楼，位居这条古中轴线的最北端，成为整个空间序列的一个顶点。

此时，我不能不想起，40年前，我创作长篇小说《钟鼓楼》的情形。

"刘心武来了吗？"

1979年2月，人民文学出版社牵头，在友谊宾馆召开中长篇小说部分作者座谈会，茅盾与会，他在讲话中，鼓励中青年作家们在写出了优秀的短篇小说和中篇小说后，要尝试长篇小说的创作，讲着讲着，忽然这样问。

我立即从座位上起立。茅公与我有数秒对视。他激励的目光，点燃了我内心朝长篇小说进发的火把。后来，根据茅公遗愿，将其多年的稿费积蓄捐献出来作为基金，设立了茅盾文学奖。

1980年我成为北京市文联专业作家。1983年报创作计划，我报的是写一部反映北京城市居民生活的长篇小说。我从单位开出介绍信，去北京隆福寺街的东四人民市场体验生活。先跟售货员一起站柜台，又跟货运员一起搬货，熟了，交谈随意了，便试着提出来，能不能到其家里看看？这就又深入到胡同杂院普通市民的家庭，以及左邻右舍。其实我自己也在胡同杂院生活过十年，又在什刹海钟鼓楼附近的中学任教多年，就把自己以前的生命体验，与新获得的感受交融，令其发酵，构思我的长篇小说。

如果说，那次座谈会是改革开放对文学界的一次春风送暖，那么，我在体验生活过程中的所见所感，便是改革开放对北京普通市民生活与精神润物细无声的催化与提升。我选取北京城市中轴线北端的钟鼓楼作为富有多种意蕴的象征，构思了我的第一部长篇小说《钟鼓楼》。钟鼓楼既是时间的象征，更是中国历史长河中，具有航标性质的民族传统的象征。时间长河已经流淌到了改革开放新时期，我既要回望历史，更要让这部作品具有新的历史时期的新气息，我的叙述方略应该别具一格。于是决定，从时间上来说，只写1982年12月12日这一天从早晨5时到下午5时这12个小时，并且用中国传统的地支计时法标注时间，空间则基本锁定钟鼓楼下的一个胡同杂院，以一场婚礼为主线，却又要从这一天一院辐射出去，勾勒出半个多世纪芸芸众生的喜怒哀乐。而改革开放后的人间烟火气，则是表达的重点：尽管有的人还携带着以往的旧意识，人际间存在着历史延续下来的矛盾和新派生的摩擦、冲突，但生活充满勃勃生机，希望在前方。

1984年《钟鼓楼》在《当代》杂志连载，1985年获得第二届茅盾文学奖。到目前为止，《钟鼓楼》的不同中文版本达到28种（包括香港、台湾的繁体字竖排本），1993年日本出了日译本，1997年日译本再版。《钟鼓楼》虽从来不曾大印量地畅销，但仅人民文学出版社的平装本与精装本就每年总要三千五千地加印两三次。2019年《钟鼓楼》入选"新中国70年70部长篇小说典藏"。

2017年初南京译林出版社通知我，他们出版的《刘心武文粹》第一卷《钟鼓楼》，已成功将版权输出到美国亚马逊穿越出版社，当年3月美方出版社编辑总监特为此事来北京与我晤谈。译者翻译了3年，2021年该书正式全球发售，为使国外读者易于理解，译名为《The Wedding Party》，即《婚礼派对》。前些时又接到通知，《钟鼓楼》波斯语、西班牙语版权输出均已谈妥，钟鼓楼下的中国故事正在走向世界。

墙内开花，毕竟还是应该墙内飘香。小说发表38年之后，北京九维文化传媒有限公司和北京东城区文旅局联合出品话剧《钟鼓楼》，把小说里40年前那天的烟火故事呈现出来，导演运用了巧妙的剪裁与时空回转手法，令观众耳目一新。2022年11月18日晚，话剧在北京保利剧场首演，谢幕场面十分感人，观众久久不愿离去。我上台简短发言，告诉大家，我是想通过这个作品，把北京胡同杂院文化中那种宽厚与温情，代代传递下去，这是北京市民的宝贵精神财富。不管我们人生中有多少的不如意，人际关系中有怎样的磕碰摩擦，到头来仍要坚信，世间多好事，要各自退让，互相谅解，宽厚待人，温情相处，度过我们平凡平淡而回味起来又有滋有味的一生。2023年4月13日至16日，话剧又在北京国家大剧院演出四场。应该说，话剧《钟鼓楼》于此时此际推出，也有为北京中轴线申遗加把油的考虑。

《钟鼓楼》只是一部小说，究竟能留传多远、流布多广，尚有待时间的检验。近日我又站到钟鼓楼下，一方面深感自身的渺小，一方面更加意识到，将个体生命融入时代、汇入社会进步的洪流，是多么重要。

"鼓楼在前，红墙黄瓦。钟楼在后，灰墙绿瓦。鼓楼胖，钟楼瘦。"我在小说中曾这样写道。钟鼓楼屹立逾700年了。它默默注视着世道变迁，沐浴着人间烟火，40多年来，更见证着改革开放的雄健脚步与累累硕果。虽然如今它们已经不再鸣响晨钟暮鼓了，但钟鼓声的余韵，仍悠悠地回旋在具有历史感的人们心头。

（原载《光明日报》2023年5月15日 1版）

从前喝茶，现在喝茶

范小青（江苏省作家协会名誉主席）

年初五，老百姓迎财神，喜庆的日子，几个人相约去喝茶，说是围炉煮茶的那种，是时尚。对于我来说，这是形式，并不重要，但是对于年轻人来说，形式很重要。好的形式，可以让纷乱的灵魂有个着落之处。先在网上搜寻推荐的茶室，第一名已经满座，第二名就是这家。

这是苏州一家围炉煮茶的网红店，我微信上收到确认通知后，对那带着"泷"呀"雪"呀的四个字念叨了半天，才勉强记住，但是一转身又有点恍惚，总把几个字弄颠倒了。

那天有点冷，阴沉沉的，零下四五摄氏度，在苏州算是天寒地冻了，我走在学士街上。这条街和苏州的许许多多大街小巷一样，虽然两边的房屋进行过改造和修复，但是历史的气息仍然弥漫着。千百年的厚重，不会轻易就飘散的。学士街因明代大学士王鏊居此而得名，唐伯虎称赞他："海内文章第一，山中宰相无双。"

走了不多几步，就看到了那家店，门脸并不大，既朴素又养眼，既有些乡村气息，又是典型的苏州味道，据说二楼还装饰着一片白桦林，房间和房间之间用小木桥连接，创意不少，可惜我没有看到。因为刚要进门的时候，手机"叮咚"了，收到了新的通知，本部已经满座，需要往它的分店去。

分店仍然在学士街上，但又不在学士街上，确切地说，它开在学士街的一条支巷里。

走不多远就有一座小桥。在苏州，这样的桥是遍布着的。唐朝诗人杜荀鹤曾写诗："君到姑苏见，人家尽枕河。古宫闲地少，水港小桥多。"而今虽然枕河人家逐渐减少，但是小桥仍然有那么多，仍然在那里。

其实支巷里还藏着更多的支巷。跨过小桥，是一个三岔路口，有三条小巷在眼前，直行的那条是古吴巷，左边施林巷，右边水潭巷。我往右，走到水潭巷，一眼望去，小巷里没有什么门店，都是普通居民的家门，苏州小巷里特有的那种，窄小的，甚至旧陋的，岁数很大的木门。

在大白天，我竟有点迷失的感觉，正怀疑自己是不是找错了地方，就看到两位同伴，她们正站在一扇小门前等我。

这扇门，又小又旧，没有一点点装饰。倘若你是随意路过这里，一定不会想到，这里边还有另一个世界，它能够在冬天里给你温暖，在年老时给你童年的记忆，如果一个外乡人走进去，他也许能够看到故乡的模样。

进到里边，才知道它的门，还真算不上小而旧，它的内里，才是真正的小而旧，螺蛳壳里做道场。如果说学士街那家店的装修在苏州民间茶室中是出众有创意的，眼前我们刚刚进入的这个水潭巷分店，则走了另一个极端。几乎就是一个老破旧宅的原貌，完全没有整修，没有打理——要说没有打理，也不符合事实，它有自己精心设计的风格。五六间小得不能再小的小屋，每一间小屋里，都摆着旧家具、旧用具，连煮茶的罐也是粗陶罐，屋中甚至还摆放了许多并没有什么用场的杂物，让人恍若走进了童年时的家。

如果不是墙上挂着风格各异的书法，一定会以为是误入一户寻常百姓家了。小天井则另是一番天地。天井拐弯抹角，小巧玲珑，还有一方小小的水池，所剩空间实在不多，就在这不大的空间里，置放了七八十对茶桌。用"对"字形容茶桌，是因为这里的摆设，多半是提供给二人世界的。地方太小，空间局促，年纪大的人，恐怕都蹲不下身子，因为它本来就是年轻人的天地呀。

我以为天气很冷，院子里的茶座是留给春夏秋的，却不料不一会儿又来了一些喝茶的人，也都是从学士街那边转移过来的，屋里已经满了，就坐在院子里。这里冷一点，但是空气好，且茶是热的，何况还"围炉"，有暖气升腾起来，有烤地瓜烤栗子的香味飘散开来，其乐融融。

我曾听过一句话，说是"大冬天，哪怕在室外，也要围炉煮茶"，以前我不信，现在我信了。眼见为实。

这是租了苏州小巷里最为普通的旧房子，没有做成新的"旧"，而是保留着旧的"旧"，既不用太大的投资，又切合了今天各类人群怀旧的情绪和需求，亦是古城内古宅旧居活用的一个生动而又切合实际的典范。

没有什么高大上，只有人间小烟火，于是聊天的话题也就自然而然地随意起来。没有主题，没有目标，只有闲适，在一个寒冷的日子，在一间朴素的茶室，围炉煮茶，似乎就是放松闲聊的最佳选择了，一边还需要动手烘烤那些小食、玉米、红枣，还有专门烤橘子吃的，吃的就是个亲切随意。

其实，老苏州人对围炉煮茶并不熟悉。我曾经在小说中写过不少苏州人喝茶的情形。有早上进茶馆喝茶的，有下午边喝茶边听评弹的，也有在园林里喝茶的，"茶室里一片安静，园中的鸟在叫，起了一点风声，有一种快要天晚的意思"。苏州还有一种喝茶方式叫"吃讲茶"，就是通过喝茶解决人们之间的矛盾。双方吵得不可开交的时候，就进茶馆找调解人安排"吃讲茶"，什么话也不用说，不用据理力争，也不用诉说委屈，等到茶吃得淡了，他们的矛盾已经化解了，站起来，谢过调解人，走出去，这时候外面的世界阳光灿烂……

但是现在不一样了,从前作为云南、贵州等地少数民族习俗的围炉煮茶,不知怎么一下子传开来,火起来,受到追捧,直是让人感叹"世界是你们的"。

那一个下午,我们一边围炉煮茶一边聊天,聊了文学,聊了电影,聊了社会,聊了人生,两三个小时,十分饱满,似乎是穿越了无限的时间和空间。

茶和山水相配,是开阔,是舒畅;茶和园林,也是两相适宜,在园林喝茶,享受的是曲径通幽。原来,茶和旧宅,同样也是气息相投。在这里喝茶,虽然场所逼仄,也无法纵目远望,心思却是可以飞得很远很远,比如,抵达人类的昨天和明天。

曾几何时,人们对高大上、对富丽堂皇逐日追风,蜂拥而去,喝个茶,喝个咖啡,都要去最高档的酒店,要洋气,要有高级感。今天又回归朴素,重新有了烟火气,接了地气。何止是喝茶,人类一直就是走着S形的路线向前。因为一直是向前的,曲折一点没关系。

虽然也有人会说,围炉煮茶只是赶一赶时髦而已,不一定能火多久。其实无所谓,不用担心。如果有一天人们不再围炉煮茶了,一定会有另一种新的形式出现。一种形式消失,另一种形式出现,这就是变化。有了变化,才有进步,才有鲜活的世界。

(原载《光明日报》2023年5月22日 1版)

坐标之城三门峡

梁衡（人民日报社原副总编辑）

水不在深，有龙则灵；城不在大，有个性则名。如果它的某些个性竟能成为中国历史和国土上的坐标点，这个城市就更令人刮目相看了。

近日在三门峡参加了一个生态文学会。会场就设在三门峡水库上游的黄河边上。让人吃惊的是，浊浪滚滚的黄河在这里竟出现了季节性的清凌凌的碧波。这得力于70多年来锲而不舍地治黄。主人说再过一个月将在这里举办数千人的横渡黄河比赛，一场壮观的水上马拉松。

黄河是中华民族的母亲河，但历史上屡屡泛滥，桀骜不驯，成了我们民族的一块心病。看着眼前这平静的河面，不禁想起著名民主人士、曾任全国政协委员的张钫先生所述关于民国时黄河发大水抢时急报的情景："黄河上游涨水，须通知下游赶快设防，由潼关起到开封（河务总督住地）止1200里路，要一天半将信送到。沿途十几县驿站要准备快马多匹,专为水报之用。……水报马进城时,县衙门高鸣云板,县官立刻升坐大堂,驿马到大堂后,县官当堂在水报上写好时刻,立刻交付马排子缚好,送之上马。衙役高声传呼市上开道让路。马排子在街上也是飞驰而过,踏死撞伤人盖无罪过。沿途经过,县县如此,一直到开封府河道总督衙门。在飞送到开封时,可以赢得比黄河水流快三天的时间。"这就是当年河汛逼人的情境,可见人们是怎样地提心吊胆,而飞马通过的正是现在我们脚下的三门峡这一段路程。

黄河真正开始根治,是修建三门峡大坝,这是新中国的第一个大型水利工程,其时挟开国之威,"展我治黄万里图,先扎黄河腰中带"。因为是第一次,我们也吃过亏,交了学费,得了教训。但正是因为有了三门峡建坝迈出的这第一步,才逐渐积累了经验,才有了现在黄河上的调沙排沙工程,才有了对长江三峡大坝长时间的审慎论证,才有了那场在1958年南宁会议上关于长江三峡大坝的著名辩论。有了三门峡大坝这第一块"摸着石头过河"的"石头",才有了黄河上的刘家峡、李家峡、龙羊峡、小浪底;又有了长江上的葛洲坝、三峡坝、向家坝、白鹤滩等水库。峡峡出平湖,坝坝涌清波。从这个意义上讲,是先有此"三峡"后有彼三峡。三门峡水库是新中国治水人吃的第一只螃蟹,三门峡市也成了新中国水利史和治黄史上的一个重要坐标。此为其一。

中国的省份名称，"山东""山西"皆有据，"河南""河北"都有因，而绝大部分人不知道"陕西"的"陕"在哪里？原来，当年周朝立国后，两个辅政大臣周公、召公就在今三门峡的"陕塬"上立石为界，两人分治东西之地，周公的治地在陕塬之西是为陕西，沿用至今。这块"分陕石"现还存在博物馆里。当年周、召二公绝没有想到这块石头不但分出了一时的行政版图，还分出了以后数千年西北与中原的人文版图。黄河造就了中华文明，而三门峡正当黄河上下游的拐点，东西部文化由是而分，灿烂的古代文化就在其两边跳跃闪烁。

西安、洛阳都号称是十朝左右的古都，一部盛唐史几乎就在这两个城市间来回演绎。人们记住了这两大名城，却忽视了东西长150公里的三门峡正是挑着这两大文化名城的一根扁担。它地分东西，域接晋、豫、陕三省，是史海中的一根定海神针。前些年出土的三门峡古驿道，车辙半尺深，芳草连天去。李格非写过一篇《书〈洛阳名园记〉后》，哀叹长安的官宦怎样一窝蜂地到洛阳来造私家园林，又怎样地一个一个衰败而去。安史之乱让大唐盛极而衰，直到民国、抗战时期，这里一直烽烟不绝。就在这条路上，杜甫写出《三吏》《三别》，现在还存有一个石壕村；鲁迅过此到西安去讲学；国共在此合作携手抗日；刘少奇来这里开辟根据地，写出著名的《论共产党员的修养》。

如果我们站在三门峡遥望远古，会发现中国新石器时代的坐标点竟也在这里。国人大都知道湖南有一座韶山，而不知这里也有一座同名的韶山。百年前的1921年，受聘于北洋政府的瑞典地质学家安特生，在韶山下的仰韶村见到一些远古文化遗存的碎片，便带领中国同行开始了连续挖掘。不想竟挖出了一个大宝贝——中国的新石器时期就此浮现，遂有"仰韶文化"，由于出土了彩陶器皿又名为"彩陶文化"。要知道在这以前，西方一直认为中国没有彩陶，中国的彩陶是由西域诸国传播而来的。这个发现也是中国田野考古事业的起点。

前年举办了中国考古百年庆典，那天我去参观三门峡庙底沟彩陶博物馆，那些出土彩陶美得让你不敢喘气。其实7000年前的生产力还很低下，石器时代嘛，就是只能用石头、石片打猎或者简单地农作，果腹御寒而已，但这毫不影响先人对美的追求。陶器上的彩绘几乎涵盖了目之所及的物什，它们被抽象成了鱼纹、鸟纹、绳纹、眼纹等各种图案。原来，与生产力发展并行的还有一条审美的延长线，我们在这头，而制作彩陶的先祖艺术家们在那一头。三门峡实在是一扇直通远古的大门。"望三门，三门开"，历史长河滚滚来。此为其二。

一般在大宾馆开会时的茶歇，是众人优雅地端一杯茶或咖啡闲谈，而我们这个会的茶歇竟是在黄河边的绿荫下散步，欣赏水中的天鹅。中国人对天鹅的印象来自儿时的启蒙诗："鹅鹅鹅，曲项向天歌。白毛浮绿水，红掌拨清波。"稍有书卷气的文人还知道王羲之养鹅学书。其实那不是天鹅,是不会高飞的乡土之鹅。眼前的天鹅是从西伯利亚飞来的,这是我第一次近距离地看天鹅,其翼展可达两米多,伸长脖子有半人高。也不是"红掌",而是一双黑色的"铁拳",浮在水上时藏在白羽之下。只有这身好筋骨,才可能像一架小飞机一样,背负青天千万里,往返半个地球。天鹅对越冬地的生态环境要求很高,温度要不冷不热,草要嫩,鱼要鲜,它就是一个流动的环球生态检测仪。现在三门峡湿地公园已经是中国最大的天鹅越冬基地,在全球范围内也是屈指可数的。就是说,我们转动地球仪,三门峡在全球也是一个生态的坐标点。此为其三。

当然,我们还可以再数出几个坐标点,但这就足够了。一个小城市能首开中国大江大河的工程治理,能遥望远古而丈量历史,能俯瞰全球而感知生态,还有比这更让人自豪的吗?

三门峡,中国版图上的一个坐标性城市。

(原载《光明日报》2023年5月29日 1版)

记黄河晋陕大峡谷

贾平凹（陕西省作家协会主席）

别的江河，就是某某江，某某河，黄河却称之为天下黄河。它诞生在巴颜喀拉山下，少年游荡于青藏寒地，而当知道了遥远的东南有大海，便掉头大行，经过了黄土高原，这就是晋陕大峡谷。

大峡谷从府谷县的河口镇起，到河津的龙门，其实还可以延长，到秦岭的潼关吧，全长一千多公里，岸深一百米甚或二百米。

世上的路首先是水走出来的。黄河深刻出了大峡谷，大峡谷又将它束缚其中。越是束缚越使最柔软的水坚硬如铁。它奋斗，呐喊，暴躁，充满戾气，生长和完成着自己的青春，囫囵的黄土高原也从此一分为二，一半给了陕西，一半给了山西。

两岸隔绝，竟然是东边岸高耸了，西边岸低落，西边岸高耸了，东边岸低落。川潦泻散，河声充满，只有黑鹳和白琵鹭凭空往来。站在山西永和县的岸上看到了乾坤湾，站在陕西清涧县的岸上看到了太极湾。那是黄河九十九道湾中最神奇的两湾，西窄东宽，东窄西宽，入湾至出湾都是几百米，状若左右葫芦。到壶口去呀，壶口是黄河突然下跌，如一脚踏空了，溅起千堆雪。石门下去的大梯子崖，那是河东岸的一个缺口，斧劈刀削般危险。有瀑布，被风吹起，飘然如烟。而栈道其上，若游人经过，从河道看去，真的在"飞檐走壁"。如果再往陕西的佳县，再往山西的麒麟滩，千米长的水蚀浮雕镶嵌于绝壁，两岸山峦起伏，乱石堆砌，散者如塔，聚如城堡，每块石头上又布满虫纹，像汉字蒙文但不是汉字蒙文，疑为天书。

面对着大峡谷无数的景点胜地，能想象黄河寻找出路是多么的艰辛：日瘦月小，星寒云低，它在横冲直撞，冲撞出的沟壑峡崖在不断地坍塌，无数的堰塞湖，壅堵滞流，只能千回百折，有大孤独啊，是真的沉痛。有哲人讲，当你遇到风暴的时候，你不要给神说风暴有多大，而是给风暴说你的神有多大。黄河那时的形状正该如是。

大峡谷上下差不多有六十五条小河汇入，流域覆盖了整个黄土高原。而祖籍在这里的或外籍人来到这里的，也意识到身上的每一条血管也是黄河的支流，他们便都有了黄河的秉性，大气，豪迈，向往远方，从此英雄风气流转。轩辕在西岸有陵，尧帝在东岸建庙，汉刘彻来后土祠祭祀，李自成登白云山发愿。吴堡用石头垒起了一座城，佳县把城就修在三面悬空的山巅。更有着毛泽东于高家坬上高吟《沁园春·雪》，石破天惊，鱼龙出听。

黄河远行，也把黄土带去，送给了河南，送给了山东，送给了一个华北平原，却使黄土高原支离破碎。多少风流人物，能出走的都有一番大世界的作为，留下来的是坚守而顽强。千百年里，黄河奔流不息，大峡谷两岸人畜焦渴，墼梁台峁上树木庄稼干枯。他们要么到十几里外的那一点泉眼里去挑水，要么在门前屋后挖暗窖收储天雨。相传过去的吴堡城，那么大的城里只有一口苦水井，每日由知县亲自掌握，分配给每人一瓢。但这并不妨碍他们的浪漫，城西门上的匾额写着"明溪"，城东门上的匾额写着"闻涛"。干旱使居家只能在土崖下凿窑，凿窑便创造着艺术。由"一炷香"到"明三暗二""厢六倒四"。西湾的民居在斜坡上层层叠叠，三十多个院落连为一体。李家山村选择了一条梁的两边沟，窑洞从沟底直达梁头，竟能多到九层。土地上是不能种植水稻和小麦了，而糜子、高粱、谷子、荞麦、豆类和土豆，把地里所有营养所有颜色都聚集起来，做出谷面窝头，豆面抿尖，红面旗子，小米捞饭。尤其是枣，到处都是枣林啊，姆枣、冠枣、狗头枣、牛心枣，秋天里满山红遍。他们认为天上有多少星星，地上就有多少红枣，而这里的枣是世上最好的枣，因为它们能听到黄河涛声。再就是开山和钻水了，开山就是挖炭，钻水就是撑船筏。在许多地方，剥开地皮就是炭，有许多地方的炭，用火纸便能点燃。古老的习俗还在沿承着，在除夕夜里，有人家在中堂的案上供奉了土豆和红枣，有人家把一块大炭用红纸裹了就放在门槛两旁，称它们是"黑汉"，还贴上"瓜子人人"。"瓜子人人"后就衍变成了剪纸，鱼虫花鸟、山水人物，遍贴在门上窗上，米面罐上和树上。钻水呢，从河口镇到碛口镇从来都行船筏。船是木船，木船上有艄公扳舵。筏子有油筏木筏皮筏，皮筏是用羊皮做成的囫囵圪筒。船筏上的人都得是男的，赤身裸体，但大峡谷的号子声闻于天。除了船筏，两岸还没有通车的年代里，忙碌的都是骆驼骡马和毛驴。碛口镇人讲，凡是门上挂着谷秆绑成的干草把，就代表着是高脚牲口的草料店，全镇就有几十家。船筏卸下的货，骆驼运长途，骡马跑短途，毛驴驮炭。每天下午毛驴排着一字长蛇阵，像一股黑水注入镇来。赶脚人都能唱，有苦了有乐了心里有人了，随口编词，任意起调，这就形成了民歌。张家塌村的张天恩最有名，唱出了《赶牲灵》。

那是一个早晨或是晚上，黄河终于走完了黄土高原，冲开了最后一个关隘，那是惊天动地的轰鸣，自此有了"岳色河声"一词。应该想，当黄河回头一看，叠峦重嶂的关隘竟然薄如门扉，伟大的胜利在最后成功时是这般容易。后人不明就里，也不可思议，认为那是大禹所致，叫其是禹门，而黄河冲出来已经是龙的形象了，所以更叫作龙门。

从龙门再往南二百里，汇入了汾水，洛水，渭水，黄河河面开阔，汪洋一片。时而厚云积岸，大水走泥。时而五彩祥光闪耀，"荣光幂河"。但黄河既然是天下黄河，大峡谷经过仅只是它的一段行程，大海还在召唤，它抖擞着力量，那时不时出现的"揭河底"，几百米数千米的河底被卷起，整个河在滚翻，是在嘿动，在聚劲，在誓师。而正是在这二百里，黄河成熟了，它的成熟也成熟了中华民族的文明。西岸的大荔、合阳、韩城，东岸的运城、临汾，产生了那么多的圣君明相，文臣武将，才子佳人。单就文学，司马迁、司马光、王维、柳宗元，这就够了，应是中国最最聚文气的地区了。

黄河继续南行，秦岭却拦住了它，迎头站着的就是华山潼关。潼关为雄关，历来的战争莫不发生于此，那狰狞的崖头，阴寒的壑底，以及怪石、弯树和细路，充满萧煞。中国历史上有过渔樵问答，那只是探询生命难题。而秦岭是否和黄河在此有过对话呢？如果有，那一定是关于天下格局的大事。于是，黄河再没有南下与长江相会，黄河就是黄河，让长江去行南方吧，它就在北方，而转头往东去了。

这该是再一次伟大的转折，于是东岸就有了鹳雀楼，历史让王之涣登上楼头，看到了那最壮丽的场面：白日依山尽，黄河入海流。

（原载《光明日报》2023年6月5日 1版）

向海之人

陆天明（中国作协第六、七、八届主席团委员）

那年我六岁。母亲陪父亲去上海就医，诊治当时被认定为不治之症的肺结核病，把我和大妹暂寄在苏北的爷爷家。爷爷在当地一个小县城的镇市梢经营一家规模不大的木行，家门前有一条大河。很多年以后我才明白，爷爷之所以选择在如此偏僻，甚至有一点荒寂的镇市梢临河筑屋而居，是为了便于"进货"。木行经销原木。当年的旧中国交通极为不便，运输原木全靠水路。排伕们先把这些偌大的原木编扎成一个个木排连接起来，然后操纵着长长的木排，跨海顺江而来。这一路风餐露宿、劈波斩浪的风险和辛劳，自不待言。记忆中，如果木排安全抵达，爷爷会让店里的账房先生成达叔点起一长挂炮仗以示庆贺，让帮厨的才根叔做些肉菜送给那些排伕，以示慰劳。平时滴酒不沾的奶奶居然也会端起青花小酒盅陪爷爷小酌几口。木排顺利到达，意味着近期全家的营生有了保障。年幼的我自然还不懂得这鞭炮声中包含的

"经济学"层面的意味，给我留下深刻印象的倒是这群排伕——向海之人。

这是一群沉默的人。他们精瘦黝黑，在木排上搭些小棚棚，一路都吃住在里边。如果是夏天，他们赤裸上身，穿一条破旧的老布短裤，赤脚。木头运到，他们仍然不会上岸，因为在卸下爷爷所需的那些木头后，他们还要给其他店主送货。他们卸的是十几米长、几百上千斤重的原木。他们一边用装着铁钩子的长竹篙钩住木头，一边在那个已然松散开了的木排上灵活地跳动闪躲，避免被滚动的原木撞到水中。也许因为一路遭遇的意外事件太多，任何时候他们的手都不离那根长长的竹篙。即便上岸来跟我爷爷结账，也会掂着它。他们几乎不跟陌生人交谈。我这样的小小孩因为好奇，走过去看他们在长长的河坡上造灶做饭，唯有这时，他们会露出特别特别和善的神情。有一回还允许我们走上木排，走进他们的小窝棚，而他们则围拢来，站在窝棚门口，呆呆地看着我们，打量我们。现在想起来，他们一定是触景生情，想念他们自己的孩子了……

那时候的我，还没见过大海。不知道大海意味着什么，更不知道也不懂得跟大海打交道、向海谋生，或者说再进一步，在海上谋一番轰轰烈烈的事业，会是怎么一回事。

第一回见到大海已是第二年初夏。当地老百姓在那季节有去海边拔小黄鱼的习俗。"拔"是当地土话，意思是这个季节渔民们开始大量捕捞小黄鱼，老百姓会纷纷来到海边购买小黄鱼带回去腌制。才根叔带我去了离家最近的一个港湾。那是个阴天，简陋的港口人群攒拥。大海被一层灰暗的薄雾笼着，人们静静地等待着渔船靠岸。突然，人群躁动起来。有人惊叫："看呐，龙吸水了！好几条龙啊！"所谓"龙吸水"，其实就是发生在海面上的龙卷风。从乌黑的天上生出几条圆筒状的云卷，细细长长的，一直插到海中。它们旋转着，扭动着，啸叫着，带起一阵阵浪花，直向岸边扑来。人群中惊恐的喊叫声越来越响，一些人开始慌乱地四下奔跑，怕被那几条啸叫着的"龙"带到海里。年幼的我更是被吓呆了，不知所措。好在才根叔是见过大场面的人。个子高大、略显肥胖、嘴唇宽厚的他紧抓着我的手，让我保持镇静。果不其然，不大一会儿工夫，那几条"龙"渐渐缩回"天庭"了。海面慢慢恢复了平静。

以后的几十年，我领略了各种各样海的风度和姿色，也越发敬佩那些向海谋生的人，虽然他们并不都是"沉默的人"，更不都是赤裸上身、手持一根长竹篙干活的人。而最令我震撼的是这样一群向海之人——他们在我国南边的海上建起了世界上最长的跨海大桥。我和他们中的一部分人做了朋友——虽然我非常想认识他们中的每一位，但我无法也不可能做到这一点。而一定要说清楚的是，我一直把他们当作我人生的老师，虽然他们中的大多数人都比我年轻。在人生最宝贵的年华，他们在这片海上埋首奋斗十多年，建起了这样一座跨海大桥。尤令我震惊的是，为了修筑这座大桥，他们在四十米深的海底，建造了一条当今世上最长的海底沉管隧道。这条隧道由三十多节混凝土沉管连接而成，每一节沉管有六条车道那么宽，重达八万吨，体量相当于一艘巨型航空母舰。也就是说，相当于在四十米深的海底，把三十多条航母一一连接起来，每一个接缝处都要保证绝对不漏水——而资料告诉我们，全世界迄今为止已经建成的所有海底沉管隧道都有漏水现象，可以说无一例外。而我们的隧道，还要更长、更宽。这条隧道建成后，一位在国际桥梁界享有盛名的工程专家前来参观，询问需不需要穿雨衣和水靴。当被告知并不需要时，显然他没有完全相信，还是穿上了水靴。全程走完这条长达六七公里的海底隧道，他惊叹了。干干的靴底，陪他见证了一个奇迹的诞生。发出惊叹的，不止这一位工程专家。当我们的技术骨干受邀去某专营海底工程的老牌国际大公司访问时，该公司同行列队欢迎，还在公司大门前郑重地升起了五星红旗。该公司成立百年来，只为两个国家的同行升过国旗，我们是其中之一。而回想当初，世界上几乎所有的同业公司都对我们进行了技术封锁。我们咬牙拿出重金请某公司为我们做一些技术咨询，他们不屑地笑笑说，这点钱，我们可以为你们唱一首祈祷歌。另一个当时正在建造海底隧道的公司同意我们去现场参观，但只允许我们乘船在离工程现场三四百米远的地方绕一圈看看。

十多年啊，有多少难关让他们梦中惊起，有多少突破让他们泪洒胸襟。十多年啊，从青壮年到退休，多少艰难跋涉，多少攻关创新，宁白了头上青丝，莫钝了手中剑锋。只记得在工程宣告结束的那个夜晚，我参加了他们的庆功会。平日里万分严谨、慎重的这群向海之人忽然变成了"无所顾忌"的狂放之人。笑声和日月星辰同起落，酒杯中盛满喜悦的泪水，尽情挥洒。我静静地坐着，看着，看着，坐着。是的，一个时代在接续。是的，他们不再是那手持竹篙赤裸上身的向海之人。而我，是幸运的，我见证了这一切。我将与他们同行。

（原载《光明日报》2023年6月12日 1版）

拾柴火

刘庆邦（北京市作家协会副主席）

小时候在河南农村老家，我拾过粪，拾过庄稼，也拾过柴火。庄稼一枝花，全靠粪当家。拾粪，是为了给庄稼上肥，让庄稼长得更肥壮一些。拾庄稼，说得好听一点，是舍不得抛洒一粒粮食，做到颗粒归仓，实际上是到生产队刚收过的庄稼地里捡漏儿，给家里增加一点口粮。拾柴火呢，当然是为了把口粮烧熟，将生米做成熟饭。这样看起来，拾粪、拾庄稼和拾柴火，就构成了一个循环，哪个环节都不可或缺。

拾粪，好像是农村男孩子的必修课，记得在我还没有拿起课本读书的时候，就拿起了铁锨，扛上粪筐，和村里别的男孩子一起，到处去拾粪。说起拾庄稼，我在炽热的骄阳下拾过麦穗儿，在下过雨的地里捡过发白发胖的豆粒，还在开始下霜的地里溜过红薯。以上两"拾"我暂且按下不表，这里主要把拾柴火的事情说一说。

我们那里有一个说法，锅是一层铁，铁上的东西不能少，铁下的东西也不能缺。铁上的东西指的是米面，铁下的东西指的是柴火。意思是说，米面和柴火同样重要。举例说吧。初春有一天中午，和我们家同院居住的三奶奶正擀杂面面条，突然想起灶前没柴火了，赶紧喊她儿子快去拾柴火。柴火没有现成的，不是谁想拾马上就能拾到。特别是春天青黄不接的时候，地里可以挖到野菜，却难以拾到柴火。三奶奶把面条擀好了，水也添到锅里去了，急得跳脚，她儿子好不容易回来了，却只折回一把刚发芽儿的湿柳条子。把湿柳条子上的皮筒子拧下来，做成柳笛吹还可以，若要当柴火，连火都点不着。三奶奶骂她儿子无用，临时跟我们家借了一些柴火，才把生面条子煮熟了。村里有一位裹了小脚的老奶奶，用镰刀到水塘边捞枯萎的菱角秧子，准备晒干后当柴烧，脚下一滑，淹死了。捞上来时，她右手抓着镰刀把子，左手还紧紧抓着一把菱角秧子。最惨的是我大姑，大姑也是为柴而死的。大姑去村外砍柴，财主说砍伤了他家的树根，竟把我大姑打了一顿。大姑不甘受辱，撇下两个年幼的儿子，一索子上吊死了。这可是我的亲大姑啊，每听人说到此事，我这个娘家侄子都痛心不已。

够了，不说了，说多了还不够让人心里难过的呢！反正在我小时候的记忆里，家家户户既缺粮食，也缺柴火。物以缺为贵，人人既珍惜粮食，也珍惜柴火。开门七件事，柴米油盐酱醋茶，柴被排到了第一位，可见人们对柴火的重视程度。比如说，冬来时，家家都会在院子里挖一个红薯窖，也要在门口堆一个柴火垛。红薯窖挖在地下，柴火垛堆在地面。冬天下雪了，人们进地窖掏出一些红薯，再从柴火垛上拽下一些柴火，在灶膛里把柴火点燃，就可以把锅里的生红薯蒸熟。数九寒天，屋檐垂着青凛凛的冰条子，屋子里冷得像冰窖。这时候，我们从柴火垛上取下一些柴火，在屋里烤一烤火，行吗？不行，哪怕我们冻肿了耳朵，冻烂了脚后跟，都舍不得烧一把柴火取暖。倘若忍受不了寒冷，早早把柴火烧完了，那么漫长的冬天，拿什么烧火做饭呢！

柴火垛上的柴火，是从哪里来的呢？都是从生产队分来的吗？不是。生产队在生产粮食的同时，也会生产一些柴火，但大多数柴火不能分配给社员烧锅，要留下来喂牛、喂马、喂驴。像麦秸、谷草、豆秆等，都是宝贵的饲料。能分给社员的，主要是少量的玉米秆、棉花秆、芝麻秆等。这些秆类柴火，被我们老家的人说成是硬柴火、好柴火，放进灶膛里一烧噼啪作响，好听，火旺，热量高。平日里人们舍不得烧这样的好柴火，到过年蒸白馍熬肉的时候才拿出来烧。所以，各家各户的柴火，主要是拾来的。

大姐二姐，是我们家拾柴火的主力。在生产队里割麦，大姐和二姐都冲在前面。上午割完了麦，回家刚吃罢午饭，大姐二姐一刻都不休息，又拿起镰刀，扛上荆条筐，到收过麦子的地里拾柴火去了。割倒并打成捆的麦子都运到场院里去了，地上的麦叶，也被人用竹笆子搂得干干净净，地里还有什么柴火可拾呢？大姐二姐是拾麦茬，也就是拾麦根。生产队里割麦，都是镰刀贴着地皮割，麦茬留得很短很短，几乎看不见。这样的麦茬用手拔不出来，只能用镰刀的刀尖砍进土里，把麦茬连麦根一块儿刨出来。大太阳在头顶烤着，暑气在地上蒸着，她们就那样一下一下把麦茬的根须刨出来，抖去泥土，放进筐里。尽管她们都戴着草帽，但脸还是热得红通通的，额前和鬓角的头发都被汗水湿得打了缕儿。到下午又该下地割麦时，大姐二姐每人已拾回一筐柴火。到了秋天，割完豆子，大姐二姐就去地里砍豆茬。豆茬像一把把锋芒向上的小锥子，比麦茬坚硬得多，也锋利得多。大姐二姐不惜扎破手，也要把一根根豆茬砍下来。听大姐讲过，她早上下地砍豆茬时，小北风溜溜刮着，冻得她直打哆嗦。为了冬天能有柴火烧，大姐咬紧牙关。除了拾干柴火，大姐二姐还往家里拾湿柴火。湿柴火是夏季里生长茂盛的青草，把青草割回家，摊在院子里晒干，就变成了干柴火。我们家曾缺过粮食，但好像从没有缺过柴火，这都是因为有勤劳的大姐二姐。

家里的男孩子和女孩子，在分工上有所侧重，我的主要任务是拾粪，但也拾过柴火。我比较难忘的经历，是拾楝枣子和树叶子。楝树上会结成嘟噜的楝枣子，一旦成熟，就叭叭落在地上。母亲给我一只竹篮，让我去树下拾楝枣子。楝枣子的样子虽说像枣，但摔烂后又酸又苦，好像还有一股子臭味，根本不能吃。可楝枣子里面也有枣核，也可以当柴火烧锅，于是，我把一颗颗楝枣子拾进竹篮子里去。我拾过的树叶子，有杨树叶子，也有柿树叶子。拾树叶子的办法，是母亲教我的——她给我一根长长的椿树的叶梗子，让我把拾到的树叶子穿在叶梗子上。叶梗子下端有一个被人称为马蹄的疙瘩，有疙瘩挡着，树叶就不会掉下来。每拾到一片厚墩墩的树叶子，我都在树叶子中间儿抠开一个小孔，穿在椿树的叶梗上。杨树的叶子是金黄的，柿树的叶子是玉红的，穿在一起色彩斑斓。我注意到，我拾的一串串树叶子在灶屋里放着，迟迟没有被烧掉。我后来想，那些被穿成串的好看的树叶，也许有了形式感和艺术感吧。

分田到户之后，粮食和柴火一下子多了起来。柴火大堆小堆，一年四季，人们再也不必为缺柴发愁。柴火多了，我们老家的人反而不烧柴火了，开始烧煤炭，烧装在钢瓶里的液化气。

可是，我每次回老家，见大姐二姐家还是用柴火烧锅，做饭。她们说，用柴火烧锅，做出的饭才有柴火气，才是过去的味道，吃起来更香一些。

（原载《光明日报》2023年6月19日 1版）

王串场情结

林希（作家、首届鲁迅文学奖获得者）

天津市河北区的王串场，是一处劳动人民居住区，始建于1952年。新中国成立，社会经济生活稳定之后，人民政府想到的第一件事，就是给劳动人民建房。经过几年时间，王串场居民区建成并扩展。

王串场最先建起的居民区，街名真理道，最早迁进来的居民，都是对国家早期建设做出重大贡献的劳动者。市级劳动模范集体起重队，就分到了王串场的第一批新房。

起重队原名脚行，以人力搬运超重物件的劳动者，都属于脚行。解放后，改名为起重队。新中国成立初期，起重、运输工作最是繁重，那时代没有吊车，没有超重机械，五六十吨的设备，就是靠起重队劳动者用肩膀上的一根绳绊，一步一步搬运移动的。

真理道最早的一家住户，赵爷，老起重队的，特级劳动模范。建设天津钢厂时，20吨天车吊装发生事故。起吊天车到达高度，90度转动，对角线大于长度，卡在空中，总指挥紧急吹哨，停工，全员撤出，天车悬吊在半空。市长亲临现场办公，公安局紧急摸清天津老脚行名家，立即将他们请到现场"会诊"，赵爷名列其中。

市长陪着赵爷走进空空的大车间，赵爷抬头一看："哎呀，外行了。"

"怎么办？拆掉刚刚建起来的车间厂房吗？"

"我看，也许能有办法。"

"赵师傅，争取时间，20吨的大家伙悬在半空是要出事的。"

"我试试。"

"不是试试。就是你了。你说要什么条件吧！"

"18个人，由我挑，别人谁也不许进现场。各位领导，回你们的办公室，有了情况，电话报告。"

"好吧，什么报酬？"

"一个工两块二，中午每人半张大饼半斤酱牛肉，下工一人一盒'恒大'（香烟）。"

"你个人有什么要求？"

"我个人？没有这个规矩，多拿一支烟，祖师爷把我踢出家门，断我的本业。"

几位领导回到办公室，万般紧张地守着电话机，水也不喝，饭也不吃。直到下午3点，电话铃响，天车平安落地。唉呀呀，钢厂建设的第一场庆功会，就是在20吨天车下边举行的。

起重队师傅，每人分到王串场的一套住房。

赵爷老了，赵爷的大儿子小赵出任领班，起重队业务更是繁忙。

一天，老赵爷听说师兄弟老五伯病了，提着两瓶直沽高粱去看望老搭档。老五伯见到赵爷，感动得不得了，嘴角哆嗦着说不出话，老赵爷说："小赵那孩子刚接班，你多关照着点。"没想到老五伯听了这话，竟然呜呜哭出了声。

说了许多安慰的话，老赵爷告辞，老五伯的老伴送出来，告诉老赵爷："别说了，老头子心里有点别扭，干活的时候让大侄子着急了。"

老赵爷对儿子的"德性"最是了解，立即去别的老朋友家打听究竟。晚上，在朋友家喝了二两酒的老赵爷大步流星回到家来，一脚把门踢开，冲儿子大喝一声："跪下！"

按着老规矩，小赵跪在了炕沿儿上。

"爹。"

"呸！我没有你这个儿子。"

"爹，老五伯……"

老赵爷不听儿子解释，挥手就给儿子一个大脖溜："老五伯那是我师兄弟，那年法租界电灯房立大烟筒，若不是老五伯，我命没了!"

突然,呼啦啦涌进来十几个起重队伙计,齐刷刷跪在老赵爷面前。"赵爷,那件事,不怪小赵师傅。两手保着大绳,小赵师傅举起的小红旗还没放下,老五伯就松下一只手,伸口袋里摸烟卷,换了别人,小赵师傅早捡块砖头砸过去了。小赵师傅知礼法,他就是冲着老五伯往地上啐了一口唾沫。"

老赵爷气消了。桂顺斋买二斤"小八件",和儿子一起看望老五伯。老五伯请老赵爷父子落座,老伴送上一壶茶,不等老赵爷说话,老五伯先说了:"大侄子没错,工作上不能讲情面,就算我是上一辈人,到了场面,我……"

老五伯还要往下说,老赵爷打断老五伯的话,抢着说道:"五伯伯是看着他长起来的,这孩子就是这狗脾气。"说着转身又冲着小赵师傅说:"这是遇见你老五伯了,换个暴脾气,瞧不蹦下来给你来个'德和勒'。行了,让大侄子给你鞠躬赔个礼……"

"不能不能,咱们都是真理道老住户,对就是对,不对就是不对,我现场走神儿,大侄子批评得对。只是,往后你不能那样狠狠啐唾沫,得罪人呀。新社会干起重,咱是文明人,你瞧瞧咱们真理道这房子,厨房自来水,文明人家了!别走了,你五婶三鲜卤打好了,面条也下锅了。"

真理道讲真理。任何事,都得按着真理办。

临近春节，王串场家家户户准备家宴，这是各显身手的烹饪大赛。

年夜饭，是一家人围坐一起的团圆饭，到了王串场，成了一次新老住户团拜的社区盛会，仪式隆重，气氛热烈，团结和谐。少一辈的家宴，安排在年前，从腊月二十三小年开始，每天一户。除夕当天，各家自己团聚。大年初一，任何人不得安排，在德高望重的老前辈家聚首拜年。酒敬一巡，听老前辈数说一年来的功过，小辈人之间有什么过节儿，当面说清楚，握手行礼，干杯，和好如初，明年共同进步。谁家明年操办什么大事，早早做出安排——王串场传统，任何一户婚丧嫁娶，都是大家的事。老前辈家的家宴，老规矩，一家带一个菜。老前辈年高体弱，不能为过年累着，儿子在武汉参加长江大桥建设，带着对象回天津，让孩子们逛逛天津卫，饭菜的事，大家分办。

吃过一圈春节家宴，初四上班，回厂聚首，第一主题，评论今年谁家的饭菜成色高。那一年，评比出来，第一名，老师傅家的螃蟹面。师傅老家七里海，天津往东40里，一片汪洋大水塘，盛产鱼虾贝蟹，七里海人家每到入秋家家都养一缸子蟹。子蟹，长不大，临近春节，也只有"老钱"大，此时的子蟹，最最肥美，双层的蟹膏，醇香无比，老天津有道名菜就叫银鱼子蟹。老师傅家的螃蟹面，蟹肉跟面和在一起，擀成面条，蟹皮煮汤，酒后上桌，每人一碗，碗底一份蟹膏，一缕面条满满一碗蟹汤，哎呀,吸一口,全屋惊叹。"老嫂子,再来一碗!"

第二名、第三名……各有特色,张家的元宝肉、李家的小酥鱼、王家的海鲜豆腐……陈奶奶家的清汤白菜,说是准备了五六天,把每根菜叶的筋抻出来,还不能伤着白菜的外形,出锅盛在大海碗里,原样一棵大白菜,从外及里,没有一丝菜筋。多大的饭店也烧不出这道大菜。

王串场拆迁,起高层,老住户的条件是,将来的高层建成,不能拆散老邻居。

有一种心境,叫王串场情结。

(原载《光明日报》2023年6月26日 1版)

面向大海

徐贵祥（中国作家协会副主席）

参加"盐风海韵 缤纷滨海"主题采风活动，来到江苏。刚放下行李，就接到乡友兼文友老夏的微信，约周末小聚。未及多想，给他发了个位置。不多一会儿老夏回复，哦，到滨海了，咱们霍邱籍烈士陈涛安葬在那里，滨海县有个陈涛镇。

下午随团活动，在车上了解陈涛镇的情况，随车的工作人员不是滨海本地人，但对陈涛有印象，她回答说，听说几年前陈涛镇已经并入其他乡镇，可能陈涛村还在。整个下午，马不停蹄地参观滨海港通用码头、宋公堤、八滩镇、前案村等，脑子塞得很满很满，但是只要有一点空隙，我就会想起那个名字：陈涛。好像有个声音在呼唤我，有个身影在引领我。

晚上的座谈会上，我问县里的同志，为什么要把陈涛镇并入其他乡镇？县里的同志困惑地说，没有啊，陈涛镇还是陈涛镇。我说，我是安徽霍邱人，养育了陈涛的地方，也养育了我，我想去陈涛镇看看。

几个作家听说这件事情，也表示要与我同行。座谈会一结束，我们就踏上了前往陈涛镇的道路。

车子在乡村小路上颠簸，不远处传来涛声，当地的同志告诉我们，这里是淮河入海处。原来我们是贴着海边行进。借助手机的微光，我翻看着老夏发来的资料，看到了一个年轻的短发女子。无论从哪个角度看，她那双大眼睛仿佛都在注视着我。没错，这就是我不曾谋面的乡亲，这就是与我擦肩而过的战友，尽管她比我早生了四十年，尽管她已于八十二年前香消玉殒，但我并不感到陌生。

她知道我要来看她吗，在这个农历初七的晚上，在他乡这块富饶丰盈的土地上。我想，她应该是知道的，她在等我，等待我把她的家乡带到她的身边。

史料记载，陈涛（1920—1941）原名余素芳，安徽省霍邱人，祖籍潜山，1935年入安徽省立第六女子职业学校，1939年入安徽省动委会学习，1940年加入新四军江北游击纵队并入党。1941年2月起，先后赴阜宁县十三区、二区任职，担任二区工委书记，她组织民运工作尤为出色，"十多天里，即从开明士绅家里借到四十多条枪"。1941年9月4日夜，因突遭国民党军与土匪武装袭击，陈涛在战斗中牺牲⋯⋯

我把这份简短的履历看了几遍，似乎有些明白了，尽管我们出生相差几十年，但是她早就活在我的心中了。我在《八月桂花遍地开》里写的"王凌霄"就是她，我在《历史的天空》里写的"东方闻音"就是她，我在《英雄山》里写的"蔺紫雨"和"蓝旗"就是她。她们的经历、性格甚至牺牲的经过，都有陈涛的影子。想当初，我在设计这几个人物的时候，对她们的年龄、学历和工作能力，都有过不自信，担心因为她们过于年轻而使作品失真。是陈涛在暗中帮助了我，支持了我，是她二十一岁的年龄印证了我的判断——在中国革命战争历史上，一个二十一岁的知识女性，可以浓缩一生的美丽，绽放出耀眼的生命之光。

还有那个只绣了一半的枕套。在投身抗战之初，姐姐出嫁之前，陈涛买了一个枕套，在上面绣了"同心抗日，心心相印"八个字。据说因为鞍马劳顿，后面四个字只绣了个轮廓，没能完成，此后这个枕套一直被陈涛带在身边，直到牺牲，成为她唯一的遗物。我看着这个枕套的时候，产生了一个想法：陈涛绣这个枕套并一直把它带在身边，其中有没有她本人对爱情的憧憬呢？应该是有的。我甚至想，"心心相印"这四个字，是写给她姐姐的，也是写给她的战友和我这个后人的，不管我们是战士还是作家，我们都保家卫国，崇尚英雄，我们心心相印，一脉相承。

关于陈涛的牺牲经过，史料是这样记述的：反动武装偷袭陈涛领导的工作队驻地，陈涛从睡梦中惊醒，手持"七子灵"手枪，指挥突围，掩护战友，身中四弹，战斗直至生命最后一息。

我特别注意到当地政府和人民群众对陈涛的重视,"第二天天还没亮,陈涛牺牲的消息一传出,周围群众一齐涌向烈士牺牲的地方,一片悲泣痛哭……县委县政府备棺收殓烈士遗体,移葬至东坎镇北郊,召开万人追悼大会,并建公园、立塔永久纪念。新中国成立后,烈士牺牲所在地经滨海县人民政府批准,镇、村、中小学和医院等均以陈涛命名……"

从1941年2月算起直到牺牲,陈涛在苏北工作的时间只有几个月,她能够受到当地人民群众如此爱戴,其能力品格可见一斑。这几个月里,有多少场面,多少细节,多少感人的故事?

到了,我们的车终于到达陈涛镇党政办公楼。我下车,走近,亲眼看见"中国共产党滨海县陈涛镇委员会"和"滨海县陈涛镇人民政府"这两块牌子,并用手摸了摸,终于放下心来。然后是陈涛村村部,我特意到院子里走了两遍,并请村干部又讲了一遍陈涛和陈涛村的故事,发现陈涛在这个地方已经深入人心了。最后,我们来到"英雄广场"。穿过一片小树林,我看见了那座褐色的石碑和石碑上的紫铜半身雕像。

巧合的是,同行作家杨黎光是安庆人,距陈涛祖籍潜山只有几十公里。我们两个抬着花篮,在石碑前整理绶带。我对杨黎光说,她的故乡,你的故乡,我的故乡,都是同一片土地。

她在天上注视着我们,我们在地下仰望着她。深深地三鞠躬,直起腰来,我感到脸上落下几颗雨滴。抬眼望去,路灯下没有雨丝。问问身边的人,大家都说没有下雨。当地人说,这里离海边很近,海风往往夹带海水。

这时候,我突然想到了她的名字:陈涛。史料记载,这个原名余素芳的女子,因为对敌斗争需要,给自己起了个化名——陈涛。陈涛的"陈",是随母姓,可是为什么叫"涛"呢?或许,她愿意成为几滴水珠,融入波涛汹涌的海浪,成为几朵浪花?

那一瞬间,似有所悟。陈涛生长在淮河岸边,在那个苦难与抗争并存的地方,在那个追求解放与自由的年代,这个内心涌动着理想和激情的女子,站在淮河大堤眺望外面的世界。她看见了什么?她看见了波光粼粼的河面,看见了疮痍满目的河岸。最终,她的目光越过了风起云涌的平原、丘陵和山峦,投向了更远的地方——淮河的前方是大海。

(原载《光明日报》2023年7月3日 1版)

龙门阵里"摆"成都

魏明伦(中国戏剧家协会原副主席)

说到天府之国,大家都知道是四川。四川最有代表性的城市,是她的首府成都。天府之国,名副其实,是个安乐窝。蜀川得天独厚,成都人惯于追求生活质量,善于享受生活乐趣。成都人"先天下之乐而乐"!

成都人有此主观悟性,有此客观条件。这要感谢两千多年前的李冰,治水天下第一,治出了千秋长寿的都江堰,治出了天府之国,为川西平原提供了"先天下之乐而乐"的自然"乐土"、天然福祉。世世代代成都人仰天之福,得水之利。乐山乐水,乐天乐观!津津乐道,何乐不为?

民以食为天,首先说吃。人类鉴别食物的滋味,靠的是舌头上的味蕾。四川人,尤其是成都人的味蕾特别发达,胃口特好,天生携带"好吃"的基因,确实达到了孔夫子"食不厌精,脍不厌细"的标准。川人的美食需求,促成川菜丰富多彩,流传天下。全国大小城市，都有川菜馆子。全球多少唐人街，哪条街上没川菜？国外华人饮食城，常见餐馆打着"正宗川菜"的招牌吸引各种肤色的顾客。有的鲁菜馆子，还用"川"字带头，合称"川鲁菜"，如此更能招揽生意。各派菜系各有美食，但粤菜和川菜的知名度最大，两者伯仲之间，而川菜普及更广，价格更廉，雅俗共赏。单说四川火锅，流传天涯海角，放之四海皆"火"，代表了川菜的普及性、变革性、包容性。传统毛肚火锅，如小河流水，川人不断变革，汇成海纳百川，有容乃大——囊括山珍海鲜，飞禽游鱼，野菜时蔬，辛辣清淡，红鸳白鸯。麻辣味是川菜总数的一半，另一半是不沾海椒花椒胡椒的美味菜品。四川人不排外，味蕾如海绵一般吸收各地风味。老成都，千家万户都有自家的拿手好菜。家家都有好厨师，在家里自制泡菜、豆瓣、豆豉、豆腐乳、甜食、烧腊。成都人还会用食物作比喻，例如形容平庸而爱吹嘘的人是"豆芽冲上天，不过是一盘小菜"！

再讲茶馆。成都茶馆特点鲜明，与老舍《茶馆》里的八仙桌、长板凳显然不同。少城公园茶馆一片竹椅矮桌。满堂茶客斜靠竹椅，满桌小巧盖碗茶。幺师渗开水，采耳师掏耳朵，茶客眯着眼睛享受搔到痒处的微妙快感。那热闹而悠闲的场面，是成都的标志之一。盖碗茶三件套：茶盖、茶碗、茶船。盖为天，船为地，碗为人，印合天地人三才。茶船托碗，茶盖划茶。轻划则淡，重划则浓。抿嘴饮茶，上唇微贴茶盖，有温馨感。相传是唐代西川节度使崔宁的女儿在成都发明。根植锦城，传播神州。老成都闹市通衢，街头巷尾遍布茶馆。北方人的寒暄话："吃了吗？"成都人的寒暄话："口子上喝茶。"庐陵人"醉翁之意不在酒"，成都人"饮翁之意不在茶"！老成都茶馆是多功能平台。到此不分贫富，茶馆等于俱乐部，俱乐嘛，皆大欢喜。成都人进茶馆不是为了品茶，不兴茶道，不太讲究茶叶如何高贵。旧社会下关沱茶就算好，20世纪50年代三级花茶就行了。茶钱最相因，一杯茶可以坐半天。坐久了，出外伸伸腰。旧社会在茶盖上放半节水烟纸捻，新社会放半节纸烟屁股或一分钱，表示我去办事，还要回来。幺师守规矩，不能收茶碗。还有极少数吃"玻璃"，即白开水。茶客自带茶叶，只买白水，同样悠然久坐。这里消费时间很长，收费价格很低，最宜大众聊天侃海，四川话叫作"摆龙门阵"，语出章回小说《薛仁贵征东》。老成都谚语："龙门阵打伙摆，茶钱各开各。"龙门阵里有市民文化，都市报里有龙门阵。老成都盛行小报，近二十几年，《华西都市报》《成都商报》在南北都市报中出类拔萃。蓉城许多三轮车夫等待顾主时躺在车上看报纸。茶客躺在竹椅上午眠，习惯用报纸盖脸。哈哈，小报遮颜卧闹市！四川早有名牌刊物《龙门阵》，我曾建议再办个小报《天下小事》。小小百姓关心天下小事，即所谓生活琐事。天下大，人口多。每个人的小事集中起来，岂非天下大事？

　　成都人慢悠悠享受生活，相对于"北上广深"，时间在成

都仿佛缓慢了，延长了。成都生活节奏较慢，但不能视为"慢城"；成都非常好耍，但不宜宣称为"耍都"；笼统地称之为"美食之都"或"休闲之都"，我也觉得很单一，很片面。

我用十二个字概括成都：文彩之城，安逸之地，成功之都。文史丰厚，生活精美，经济发达，三足鼎立，成都的特征是综合优势！

文彩之城，历史文化悠久。都江堰、青城山、金沙遗址、杜甫草堂、武侯祠……众所周知，无须赘述。安逸之地，"安逸"是雅词，多用于书面。而在成都，"安逸"是口头常用语，并且添枝加叶，"安逸得板""安登儿逸得板"！良辰美景，赏心乐事。休闲休养，宜居宜旅，安逸，乃快乐的至高境界。成都人，逸民也。但安逸之地，并非无所作为之处，逸民并非懒汉，有逸有劳，劳逸结合，好逸而不恶劳，好吃而不懒做，玩物而不丧志，享乐而不苟安！

历史上，成都产生了不胜枚举的成功人物，现如今，成都涌现出不计其数的成功事业。古代有谚语"扬一益二"，即扬州第一，益州（成都）第二。如果说当时的计算方法还不够科学，那么当代中国新一线城市排名榜更有说服力。根据商业资源集聚度、城市枢纽性、城市人活跃度、生活方式多样性、未来可塑性这五大指标，从三百多个地级及以上城市之中遴选出15个新一线城市——连续多年，每年新一线城市之中排名第一的，都是成都、成都、成都！成都人，能不因此自豪吗？我辈文人，能不思考为何在这座城市，安逸与成功辩证地统一，逸民与奋斗者奇妙地结合？

成都市标是太阳鸟，成都市花是木芙蓉。假若要征集成都人乐观精神的象征物，我推荐成都的出土文物，笑逐颜开的西蜀说唱俑！

文彩之城，安逸之地，成功之都，吸引天下游客。从前，"天下才人皆入蜀"。未来呢？我希望"天下无人不入蜀"！

（原载《光明日报》2023年7月10日 1版）

一粒米的旅程

迟子建（中国作家协会副主席、黑龙江省作家协会主席）

在广袤的龙江大地上，有一种花朵最具济世之心，一直开到人心头，那是粮食结出的花朵。从春到夏，它们迎着煦风，啜饮雨露，沐浴阳光，采山间精气，合着江河的节拍，潜心孕育。直至天高云淡、大雁南飞，它们才吐露芬芳。麦穗、稻穗、谷穗、苞米穗、高粱穗，如花地随风起舞时，一股特别的馨香在空气中弥漫，收割的喜悦挂在农人的脸上。那金黄橙黄赭黄的粮食花儿，润肺腑、滋五脏、舒筋骨、强体魄，是我们生命的动力之源。

而我印象最深的三种粮食花儿，是小麦、玉米和大豆。

我童年在北极村时，家家住着木刻楞房子，房前屋后有自留地，主种蔬菜。而远离居民区的黑龙江畔，每户还有一两片大地，种的多是麦子。麦子播种后几乎不用管它，很快就出苗了，在春风中噌噌长了起来。我去江边刷鞋子时，只要几天不见，就发现麦苗又出息了,它们长个子的速度比我快。麦子什么时候悄悄怀胎结粒的呢?也许就在清晨鸟儿婉转地鸣叫的时刻,在正午阳光照彻心扉的时刻,在黄昏被薄雾给披上轻纱的时刻,在夜露温柔地滑过脸颊的时刻。总之麦子悄悄抽穗了,你经过麦田时,麦芒伸出带刺的舌头,调皮地刮你的手了。家中的园田快罢园的时候,江畔的绿麦穗变成黄麦穗了,这时小孩子们喜欢揪麦穗烧麦子吃。若是大人允许,可把麦穗带回家,在晚炊的余火中大大方方烘烤,待香味飘出,捻出麦粒放入口中,又软糯又筋道,还有股清甜气,实在是好享受。若大人们心疼麦子,觉得不收割就吃实在是糟蹋,只好在野地偷着笼火烧麦子,吃得胆战心惊的,但美味的诱惑总会战胜恐惧,所以秋天的麦田尽头,哪家不遗留着一两摊烧麦子的灰烬呢,那是我们留给童年的鬼脸。麦子收割后去壳脱粒,磨成面粉。这样的面粉不白,但营养丰富。吃着刚出锅的喷香的新麦馒头,就着油煎的黑龙江鱼干,觉得好日子不过如此了。

玉米可种在家门口,也可种在大地。它是脾性好的作物,喜光,耐旱,对肥料依赖度不高。它们疯长时,就像遮阴的树,是我们藏猫猫的好去处。夏日你躺在玉米地的垄沟里,空中的老鹰找你都难。玉米结穗后歪着脑袋生长,一副玩世不恭的模样,吐出的花丝因品种不同,有雪白的,有橙黄的,还有金红的。那些牙口不好的人家,很早就掰嫩玉米吃了;而喜欢老玉米的人家，会等到玉米皮被秋风吹得跟纸一样干脆了，再掰了吃。老玉米香，就是费柴火。烀玉米的日子，只炖个菜就是了，所以从小我就知道，玉米是粮食。那些籽粒饱满的玉米，总会选个一二十穗，一些留作来年作籽，另外一些等过年时，搓下玉米粒嘣爆米花，那是节日的小点心。而啃过的蜂窝眼似的玉米棒，也能派上用场，晒干后可当痒痒挠。

我们那儿的大豆，准确地说是黄大豆，也多种在大地上。黄豆很皮实，出苗后除了铲草，似乎不需特别打理。它们开的花儿素雅，紫色或是白色，花落后荚果就现身了。黄豆的荚果附着细密的绒毛，像一把把小刀垂吊着，一派武林气息。晚夏时节，豆荚长得肥大了，很多人家就卤煮毛豆吃，这也是男人们下酒的好菜。待到深秋干脆的豆荚裂开了，就得赶紧将它们收回来，不然豆子会嘣出来，滚进垄沟，对农人来说，那相当于丢了金子。黄豆打回来会摊在院子晒得更干一些，然后用木棒捶打，金黄的豆子疼得受不了，瞪着眼咕噜噜地跳出来了。收获了的黄豆装入麻袋，放进仓棚，会一天天地矮下去。主妇们常舀了豆子，去豆腐坊换豆腐吃，而小孩子们时不时地盛上一碗，炒豆子吃。到了农历二月二龙抬头，就是豆子的天下了，家家烀酱豆，捣碎后码成长方块，用报纸包裹了，扎上纸绳，放在被架子上，让它们在时光中长出云一样的菌丝，待到农历四月十八或二十八，取下酱块捣碎，放进缸里，兑上盐和水，大酱便踏上了发酵的旅程。到了春末，菜园的蘸酱菜下来时，它们修成正果，金黄透亮地登堂入室，成为餐桌的主角。

我童年记忆中粮食的种植，还都是传统的农耕方式。随着农业现代化步伐的加快，农具渐次退场了，在粮食种植的过程中，从翻地、打垄、播种、施肥、浇水、施药到收割，都可以实现机械化作业。

黑龙江因为土质肥沃、水系纵横、光照充足、空气清新、昼夜温差大、水稻生长期长，所以这里生产的大米品质优良，很多品牌为消费者所喜爱。外地人跟我聊起黑龙江，除了对这里的自然风光无限神往，比如冬日的冰雪和夏日的森林，末了总要加一句，你们那儿的大米好吃啊。

是的，黑龙江是我国产粮第一大省，我们所拥有的水稻、玉米和大豆的种植企业，在全国也是排名第一。全国每九碗饭，就有一碗来自黑龙江，所以它有着中华大粮仓的美誉。

因为在黑龙江省政协分管文化文史工作，2023年初我和同事商谈今年文史资料专辑的主题时，大家达成共识，聚焦粮食安全。习近平总书记2018年视察黑龙江建三江七星农场时，捧着一碗龙江大米，意味深长地说出"中国粮食！中国饭碗！"民以食为天，没有粮食的天撑着，我们在大地的脚步就不会这么坚实。我们确定了专辑体例，以粮食产能篇、农垦篇、保障篇、改革篇、人物篇、政策法规篇、乡村振兴篇等谋篇布局，各篇又细化，如保障篇由黑土地保护、种质安全、科技农业、农业机械化、水利设施建设、高标准农田建设、农业生产物资保障等方面构成。我们联系相关部门，开启了拾取粮食花朵的美好旅程。

在北国黑龙江，四月五月是候鸟归来、播种和插秧的时节，到了风和日丽的七月八月，长势喜人的农田中，我童年记忆中的这些粮食花，就在日出月落间曼妙地开放了。九月十月你准备采撷这沉甸甸的花朵吧，它会让家中仓廪殷实，一个冬天都不惧风雪。

一粒米从胚芽到成熟，要历经风雨雷电的洗礼，历经旱涝和霜冻的考验，所以每粒米都是天赐之物，要格外珍惜。外祖母是饥荒年代的过来人，我小时候吃完饭，若是碗里剩几粒米，她就会责备我，给我讲不同版本的濒危的人只要含着一粒米，可以起死回生的故事，听得我再不敢浪费一粒米，因为一粒米就是一束生命的火焰。

都说一花一世界，一叶一菩提，一粒米又何尝不是一个世界呢。我们永不背弃这个世界，人间烟火才会生生不息。

（原载《光明日报》2023年7月17日 1版）

再去东极迎日出

刘兆林（辽宁省作家协会名誉主席）

中国最先迎来日出的地方，在雄鸡版图的"鸡冠"上，叫乌苏镇。在这个中国东极第一镇的夏季，凌晨两点多钟，太阳就像烧红的圆铁一样，从大地的炉膛慢慢又慢慢地涌动出来。那壮丽动人的情景，我已看过三回，所以曾无数次劝天南海北的朋友们，也抽空去那里迎迎日出，做一回把太阳最先迎进祖国的人。

东极乌苏镇，在中国与俄罗斯的界江黑龙江和乌苏里江所夹的抚远三角洲边上，为黑龙江省佳木斯市抚远市所辖。外省市的朋友不管乘飞机、火车还是轮船去东极，都需先在美丽的佳木斯停一下。佳木斯位于松花江、黑龙江、乌苏里江汇流的三江平原腹地，名字由满语音译而来，意为驿站官屯。到了这座黑龙江省东部中心城市，乘船前往乌苏镇，可以慢悠悠地领略松花江沿岸的平原风光。但我觉得最好是乘汽车，因为从海南三亚直通黑龙江同江的同三高速公路正好途经佳木斯。乘车驱驰，一是快，二是你顺便也就弄懂"辽阔无边"这个词的真正含义了。有一次，跟我同行的一位诗人不时惊问，边在哪儿呢！哪儿是边呢！？无边无际无遮无拦的大平原一直往天边绿去，遍野豪迈绿着的，是那些名副其实的东北大豆、大麦和小麦，还有一条条绿带子似的白杨林。大平原在长时间为你展示着她的坦荡和平阔时，还会忽然为你推出一片小山来。这小山不但没有煞风景，还带给你一个大大的惊奇：没见一个来移山的愚公，却见被智叟建在山上的一座座巨大白色发电风车，随风转动。方才明白，三江平原的风力资源也相当丰富啊，可以发许许多多的电呢。车子再奔驰半晌后，你会发现，无边无际的大美平原仍然无边无际绿着，但方方正正的田垄不翼而飞。迎上来的是仍辽阔无边，却没了一丝人工耕种痕迹的自然保护湿地。三江湿地是我国最大的淡水沼泽湿地，是世界少有的原始湿地之一，珍稀鸟类和植物，很多很多。

到达同三高速公路的起点同江市后，最好是换成在黑龙江上乘船，因为同江至东极抚远的水道，可以一路沿江北望，真真切切地观览近在咫尺的异国风光。饱过眼福之后，最好趁天不太黑就在抚远休息，因为这里日出得早日落得晚，等天黑透了再休息，怕要误了第二天早起看日出的。

凌晨两点钟，就得登上乌苏镇的江边哨塔了。此时太阳虽没出来，但东方已经明亮，从望远镜里可以清清楚楚望见我国东北部的极角——抚远三角洲。

多年前我第一次去时，曾以乌苏镇为背景写过一篇小说《雪国热闹镇》，其中有一段是这样说的："热闹镇！唉，怎么说好呢？自豪点说，可以叫它祖国东方第一镇——再往东一点儿，就是外国的村镇了……而从自然风光讲，热闹镇称得上全国最美的镇。这不是吹，哪个镇出门就是江——两国共有的大江！鲑鱼是全世界稀有之物，而这里，秋天一网就能打上许多条，其他鱼更不在话下了。夏天在江汉子上并排插两根棍儿，不出半天保证就能夹住一条。镇子就在大江和江汉子合拢成的柳叶形小岛上。岛后水边的柳荫下有成对的鸳鸯和野鸭子，岛上的树林里还能采蘑菇、木耳，花儿可海了，到处都是。离岛不远有山，獐、狍、鹿、熊都有。到了冬天，壮观的雪景则更是无与伦比……如果从居民人数讲，热闹镇恐怕是全国最小的镇了，不然镇长女儿的诞生怎么会使全镇人口一下增长了百分之五十呢？说明白点吧，热闹镇驻军最高首长只是一个班长。大概谁也想象不到全镇除了这一班兵外，只有一户居民，两口人，不仅'热闹'二字徒有虚名，'镇'字也是滑天下之大稽。所谓镇长，就是寂寞透顶的战士对那一家之主的戏称……"

我那篇小说《雪国热闹镇》获得了当时的全国优秀小说奖，多少还为乌苏镇提高了一点知名度呢！尤其小说所表达的渴望人与人和国与国之间沟通理解的主题，和对这儿的特殊地理位置、美丽自然风光的渲染，使很多读者也想不远千里来看看。当然，更主要的是，改革开放后，这里通了高等级公路，逐渐成为热闹并且极有特色的旅游区。

现在我还能想起，多年后我又去那里写下的日记："凌晨两点十五分多了，让我们和哨兵一同迎接太阳吧！看，江东岸山梁上出现了一条微红的彩带。不一会儿彩带之上慢慢鼓起一个红红的半圆。半圆越来越大，很快就变成一个粉红粉红的火球。霎时，山下的江里映出一根通红通红的火柱，好似孙悟空的金箍棒被烧红后从山头直插下去，而从江底露出长长一截来，那一截红色的火棒似直立在江中，好壮丽噢！过一会儿，太阳跳离山顶了，便有光芒朝我们四射而来。于是太阳便被我们用火辣辣的目光迎进了祖国。"

又过了一些年，我第三次去乌苏镇，是先将自行车从辽宁省会沈阳，托运到黑龙江省的佳木斯，然后骑行十数日，才抵达乌苏镇边防哨所。那时交通已较头两次去时发达了许多，何以要骑行前往啊？须知那时我还是个军人，几位部队作家非要骑自行车边防行一次不可，那样才能把祖国北疆边防线牢牢刻于心上，忠诚守护。我们从漠河县城出发，一路行进在冰天雪地间。待骑行到黑龙江在我国境内的起点洛古河，再沿黑龙江骑行至乌苏镇，已历时整整一个月有余。我们到达最后一站时，已是冬夜九时多了。那块"英雄的东方第一哨"碑，哨兵般挺立于哨所外。

哨所不仅通了公路，哨塔也更高地拔起了一截，哨兵肩披云朵便可手擎望远镜巡视边防线了。哨所的平房已变成楼房，又修起精美坚实的石墙，墙里栽植各色植物，红绿相间。

那晚，尽管骑自行车奔波了一天，很累很累，我还是在后半夜两点多钟时爬上哨塔，等着看日出。终于，拂晓的夜空下，我又一次看见了北疆江边跃水而出的那轮红日。不一会儿，江中倒映出一根红彤彤的火柱。不多时，红霞便将我们伟大祖国的"东方第一哨"，辉映得通红通红的了。

（原载《光明日报》2023年8月3日 1版）

槐树底下搭戏台

葛水平(山西省文联主席)

有多少个村庄,就有多少座戏台。

戏台,是一个村庄最重要的场所,显赫地坐在视觉的高处,与四周简陋的房屋形成鲜明对比。这个与日常重复的劳动生活划分开的区域,会生出许多激动人心的画面。

农村人对戏台真是太热爱了,他们把唱戏看作是村庄的脸面,村庄的荣光。一年能开上两台戏,庄稼汉外出走动那得挺起胸脯仰起脸。

戏台,拢着几千年中国人的梦想。"演朝野奇闻兴废输赢可鉴,唱古今人物是非曲直当资。"大幕二幕打开,活生生的历史开合在人间的戏台上。都知道是假,可观众偏偏喜欢。一场戏的开演,让人联想到一日又一日的生活与反复呈现的乡村季节,戏台连着庄稼人过日子的心心念念。那一刻,丢下焦苦,放下农事,美美地望上一眼,望过去,也就望见了虚虚幻幻的来日方长。

我见过山西省万荣县孤山脚下的北宋石碑,碑上记录着民间集资建造的最早的戏曲舞台。戏台,北宋叫"舞亭""乐楼",在大都市汴京,还被称作"勾栏""瓦舍""乐棚"。中国现存的12座元代戏台都在山西,山西古戏台号称中国古建、北方戏曲"活的历史"。

山西历史上有过6次大移民,据史载,明初从山西迁民,不管老百姓家在何府何州何县,都要先集中到洪洞县广济寺。明朝政府在广济寺为移民登记,"发给凭照、川资",而后再由此处编队迁送。据说,当时是按照"四家之口留一、六家之口留二、八家之口留三"的比例从山西向全国各地迁移。

生如浮萍,远方锯齿一样锯割着离乡人的心。为了忘却苦难、对抗苦难,娱乐吧,大概真是上天之旨,一方人又养了一方戏剧。

移民不惮万里跋涉、离乡背井、身处异地,面对与出生地区迥异的方言、风俗习惯,在精神上急需一种文化的归属感和认同感。"家乡戏"作为当时非常重要的一种文化娱乐活动,自然也被带到了迁徙地。"音随地改",外乡人生根落地,随着时间流逝,逐步形成了具有地方韵味的杂交戏剧。

移民中不仅有普通农民,也有工商业者和手工业者。一旦站稳脚跟,有钱人便开始修建家乡会馆,会馆是一地同籍人士的寓居汇聚之所,是同乡人复制乡井氛围的一种组织,主要有行业会馆和移民会馆两大类。对于许多移民来说,移民会馆是他们联络乡谊、共祀乡土的纽带,是从事娱乐活动的重要场所,会馆重要的文化活动就是唱戏。

星光的闪烁与夜鸟的鸣唱在彼此胸腔汹涌。那一刻,出门的人觉得大地上的声音开始乱了,望着乡戏,听着乡音,看着老树横杈上落着一层来看戏的乌鸦,那眼泪便一次次地滴落在胸口。

乡村的戏台经历了完整的嬗变过程,它成为热闹的中心,于平淡平常之中系着撕心裂胆、揪肠挂肚的乡情。

要说什么地方最能体现乡村的味道,肯定是戏台。

一年中最值得记住的喜庆是从秋收后的锣鼓声开始的。秋罢,粮食丰收了,一台戏水到渠成。只要唱戏了,生活就进入了最饱满最恣意的时刻。很多人你平常想不起来,在你就要将他忘掉的时候,一转身却和他在戏台下碰面了。舞台是一扇窗户,如果你是演员,你可以由此而向外观望。舞台是四维空间,如果你是观众,它是你观望过往和现实的途径。台上锣鼓家伙一响,台下黑乎乎清一色核桃皮般的脸上,会漾开一片十八岁的春光。

走到天涯海角的家乡人,到了过会的节点上,再忙也要找一个借口,回乡看戏去。"回乡看戏",啥时候念着了,心会吊在腔子里咣咣响。

"六七步九州四海,三五人万马千军。"四个龙套,一个主将，舞台上转一个圈就一下从长安北上出了雁门关。戏剧脸谱也好看，来源于生活，也是生活的概括。生活中晒得漆黑、吓得煞白、臊得通红、病得焦黄的人脸，被勾勒、放大、夸张，成了戏剧的脸谱。关羽的丹凤眼卧蚕眉、张飞的豹头环眼、赵匡胤的面如重枣、媒婆嘴角那一颗超级大痦子等，夸张着人们的趣味。

从前的舞台上没有麦克，声音不装饰，将自身当作舞台的一部分，尽量让音乐从人烟当中响起，那热闹嘈乱到极致。现在不是了，变幻无穷的灯光让戏剧成为声光电的世界。

在乡村，深秋一场戏结束后，冬天才真正开始。村庄成了麻雀的世界，它们把饥饿和焦躁嚷嚷得满世界都知道。冬天里的乡村就像黑白电影，而人们在黑白世界里，想着明年春来的第一场戏。

女人们冬天里看不得男人闲着，日常生活中会施以他们一些小惩罚。女人们总喜欢制造一些生活的叽噪打闹，喜欢在冬天里交出眼眶中的泪水。女人喜欢把戏说和现实比较，喜欢冲击感官亦打动心灵的戏。戏让她们更有远见也更懂得生存的智慧。几场戏看过，人生历练的真相所知越多，女人就越显灵动。

记得有一年麦黄时节，山外我姑姑家的女儿爱苗进山里来看我。我和爱苗胳膊上挂了丝巾当水袖，两个人在炕上对唱《断桥》，小奶奶坐在对面炕上咧开嘴笑，细碎的阳光紧贴在她的头发上闪着光辉，她的眼睛随着我们的表演渐渐湿润。

人这一辈子有多少人事可以入戏？戏剧人生，人生戏剧，它就埋伏在村庄那头，随时可能扑向我们。

乡下飘着粮食成熟的味道，我总是在乡下才会认清自己。在乡下，我的反省与幻想绝佳，舞台上生动的时光加深了我对生活的热爱和对亲人的眷恋。

"姐儿哪门前一棵槐，槐树底下搭戏台，前晌唱的梁山伯，后晌又唱祝英台。门槛高，金莲小，三跷两跷闪坏奴的腰，活活跌一跤……"

一台戏就是一个季节的驿站。庄稼人从大地深处直起身子，暮色斑驳迷幻，在看见戏台的刹那，所有人的心变得澄明如镜。生命充满了生与死、爱与恨，充满感知又处在未知。生存之外，精神在循迹攀升。一台戏结束后，庄稼人便找到了白天与夜晚交替的节奏和韵律，找到纾解、释放、安稳，然后进入周而复始的劳动之境。

（原载《光明日报》2023年8月7日 1版）

昆仑山往事

王宗仁（中国散文学会名誉会长）

昆仑山里定格着一段鲜为人知的故事，这是一个早已陈旧的故事，但是它至今仍然闪烁着熠熠光辉。

1958年10月19日中午，提前降临的第一场雪三天前悄悄地落到昆仑山中。进山的路和出城的路都隐藏得那么深。正在柴达木盆地视察的彭德怀元帅不顾身边同志的再三劝阻，毅然地踏进了山中的纳赤台。大家劝阻他的理由不外乎那个地方海拔高，空气稀薄，他又这么大年纪，还是不去为好。他坚持要上山的理由却很特别："纳赤台，传说不是文成公主当年梳妆打理的地方吗，我要不去看看那位皇帝的千金，她会给我彭德怀提意见的！"他哈哈一笑，才说："去纳赤台是我早就考虑好了的，此行在我的计划之内。"大家当然不知道他早就考虑的是什么，也不便问，只好依了他。倒是彭老总自己在奔赴昆仑山的路上给大家透露了一点秘密，他说，纳赤台有个硼砂厂，硼砂厂有几个从山东退伍的海军战士,他要去看看他们。

国防部长千里迢迢去看望几个兵,这情够深了,这意也够浓了!原来头年春天,纳赤台硼砂厂几个退伍兵给国防部和彭德怀直接写信反映了他们工作和生活中一些不尽如人意的事情,是带着情绪写的。说昆仑山这个地方太艰苦,积雪不化,地冻三尺。房屋简陋透风露雪,缺柴少煤饭生菜冷,还说他们的工资也不高。出出怨气发发牢骚而已,信寄出去了,他们该干什么还照样干好。昆仑山日出日落,不冻泉月辉月晕。生活依旧向前走着,创业的日子平平淡淡又蛮富有挑战。几个退伍兵做梦也没有想到,他们发牢骚的信真的会让彭德怀元帅看到,而且他竟然牢牢地记住了这几个脱下军装的兵。

阳光破云而出,雪停了。青藏高原变静了,雪山冰河戈壁都在倾听阳光的诉说。那天彭老总在纳赤台先后走访了砖厂、养路道班后,问同行的人:硼砂厂在哪里?走,咱们去看看。大家已经知道了他的心愿,便指着一个山坳里的几排矮矮的泥草小屋说,那就是硼砂厂。彭老总踏碎地上的积雪急步前往。路上,他俯身抓起一把沙土,在手心揉揉,沙土从指缝间落下,随风而去,他身上也落了些许尘土。他说:"这里果然干燥得很嘛,荒凉,风头也蛮厉害,一棵草都没得看到,难怪初来乍到的战士生活不习惯。"

建起不久的硼砂厂条件确实比较艰苦,真像那几个退伍兵信上写的那样,"昆仑作墙山洞当房",创业难嘛!好些工人还在临时搭起的帐篷里作息。彭老总很有兴趣地在车间里参观,和工人交谈。他不时捧起一把白花花的硼砂,说,这个东西可真是宝贝疙瘩,稀有矿藏,我们搞尖端科学离不开它。他鼓励大家说,你们是在生产像金子一样重要的东西,责任重大。在车间和厂里几个负责同志握手时,他突然眼睛一亮,愣住了:"是你呀!什么时候到了这里?"原来这是一位转业军官,几年前在北京举行的抗美援朝庆功会上见过彭老总,还给军委领导汇报过自己的战斗事迹。彭老总竟然过目不忘记住了他。这位转业军官很激动,在首长面前还有点拘束,他说:"我们是按照你的命令集体转业来高原的。"彭老总说:"好嘛,你们在朝鲜战场是英雄,来到昆仑山创业也会成为好样的。现在西北建设急需要人,你们肩上挑着很光荣的担子。"彭老总还说,真没想到会在昆仑山见到这位老战友。接着他就问起了那几个给他写信的同志:"他们的思想疙瘩解开了没有?眼下这里的条件确实差了点,可你们用双手改造它,还怕它不变吗?会越变越美好的。"那位转业军官忙说:"他们都很年轻,心血来潮就写了那封信,我还批评了他们呢,现在他们都能安心在这里工作。"彭老总说:"不要批评,他们反映的情况还是真实的嘛。要教育他们用劳动改变艰苦的环境,先苦后甜嘛。艰苦的条件才能锻炼人。你们领导要给大家做出榜样,大家爱你们了,也就爱昆仑山了!"

这时,窗户底下有个小同志探头探脑地朝屋里张望,转业军官对彭老总说:"他就是给你写信的其中一个小战士。"说着他就把小同志招呼进了屋,彭老总伸出手要和他握手,他还有点胆怯,吐了吐舌头,直往人群里退。彭老总笑着说:"怎么,害怕我?怕我还给我写信。"他像拉家常似的和小同志聊天:"你在信上把这里形容得很可怕嘛,连气都喘不过来,是吗?"小同志握着首长温暖的手,很不好意思地回答:"那是刚进山的时候,现在已经慢慢习惯了。我扛起一包硼砂跑步装卸,没一点问题。"彭老总指着堆积在满车间白亮亮的硼砂说:"国家建设需要这样的贵重矿藏,你们现在吃点苦值得。你知道白蛇传里那个白娘子到昆仑山来盗灵芝草的故事吗?说不定你们这个车间就是长灵芝

的地方。你们的工作干出了成绩,大家都来学习取经,那个白蛇精说不定会被你们吸引来取经呢。哈哈!"

临别前,彭老总再次对那个小同志说:"我是国防部长,你是退伍军人,咱们都是兵,革命战士。我了解你们。谁能没牢骚,谁能没怪话,说出来比憋在心里好,发泄一下就轻松了。我理解你们的心情。今后有什么想不通的事还可以给我写信。但是,我希望你们不要丢掉军队的光荣传统!"

出了硼砂厂,来到昆仑泉边,那里早就围满了好多人等候见彭老总。他抱起一个五六岁的女孩,问她叫什么名字。还没等女孩回答,他就把她高高举过头顶,欣喜万分地说:"我看你就叫社会主义吧!"

(原载《光明日报》2023年8月14日 1版)

穿行于三坊七巷

杨少衡（福建省作家协会名誉主席）

唐乾符五年（878年）十二月，黄巢军占领福州，有两则别样传说留在此间：一说黄巢经过崇文阁校书郎黄璞位于黄巷的家门时，"以璞儒者，戒无毁，灭炬而过"；二是黄巢军在城中一条巷子口贴布告安民，后来这条巷子便被称为"安民巷"。传说中的这两条巷子都在现今人们所说的"三坊七巷"中，两巷相邻，均东西走向，安民巷在黄巷之南。

安民巷巷如其名，本是条安静的小巷。记得多年前第一次踏进该巷时，静悄悄的路面上不见几个行人，与近在咫尺、繁华热闹的八一七路正成对照，难以想象闹市之侧竟有这么安闲的去处。在该巷行走得小心落脚，因为路面残破。巷子两侧的楼房似都有大把年纪，有的历经岁月风尘还顽强傲立，有的已经破烂不堪。巷子中部北侧的一处土木结构房屋已摇摇欲坠，濒临倒塌。此楼坐北朝南，两座毗连，标为本巷15、16号。15号为主座，一旁的16号系花厅式建构。

这是一座清代建筑，为当年汀州在榕商民捐建，供汀州府八县诸生、举子来榕住读，时称"汀州试馆"。民国后科举废止，试馆出租，渐渐成为普通民居。我第一次见到它时，三坊七巷正在开始改造，此房屋的住户多已迁走，仍有若干居民滞留。当时福州市政府与福建省文联商定，将这个房屋交给省文联属下的福建文学院，按照统一规划和设计要求进行改造。此后这里就是福建文学院的讲习所，这家文学机构将续写这座古老建筑的历史。

那个年月里，福州城迅速成长，数不清的高楼大厦拔地而起，出现了一个个新地标，位于城区中心地带的三坊七巷似乎只是一个过气、陈旧的地块，只有老人和文史专家在持续关注。那时我还到过黄巷，那里有一座老旧的房屋，曾是机关宿舍，住着福建几位德高望重的老作家，包括郭风先生。黄巷曾因儒者聚居而让黄巢军"灭炬而过"，千余年后这些作家居住于此，亦如文脉传承。20世纪80年代，他们陆续搬离，又过了二十余年，由于省文学院项目，我也终于有机会再次踏访。那段时间因工作之需，我屡屡进入安民巷，见证了两侧旧屋的渐次改造，中间巷路的重新整修，包括开挖路面、重砌排水系统和重新铺路。南方多雨季节，承担项目任务的省文学院负责同志与施工队一起，踏着满巷满地的烂泥，风里来雨里去。安民巷15号在他们手上成为该巷最早完成改建的项目之一，一座透着古香古色的房屋展现眼前，门前的街巷也焕然一新。

这时，我对这条安静而不起眼的小巷也有了全新的认识，我发觉自己一不留神走进了许多故事里。安民巷52号程家小院小巧玲珑，房主人是菲律宾华侨，购下小院后十分珍惜，一直保留其清代原貌。安民巷30号曾氏民居的历史已超过四百年，曾家曾有四代直系接连中进士，18世纪末，曾氏后人在福州开设豫成钱庄，风光了一百来年。安民巷47、48号鄢家花厅建于清乾隆年间，是三坊七巷中保存最完好的建筑之一，雕饰精妙绝伦。这条巷子里还有两处红色历史印记：1926年，中共福州地方执行委员会于安民巷立本弄3号成立，是最早的中共福州地方组织；而安民巷53号则是新四军驻福州办事处旧址。资料载，新四军组建时，有大约一半指战员来自福建。中共东南分局和新四军军部经与国民党地方当局多次谈判后，于福州设立办事处。这是抗战时期中国共产党在福州唯一公开活动的机构。

这个办事处旧址就在安民巷15号的斜对面，有着简朴的木门，门边立有石碑。每当我从那石碑边走过，眼前就会浮现出一个年轻人的形象：文弱，戴眼镜，目光炯炯。这人叫王助，大学生，生于福州马尾象洋村的一个官宦书香世家，性情激昂慷慨，有一种诗人气质，其祖父是清末民初闽派诗人。王助本人也写诗，却投笔从戎，早早参加革命。王助高度近视，其游击队战友回忆："同志们打枪射击，他干着急，还得问敌人在哪里。"不过,这一瘦弱之躯却有过人胆略。有一次带队过河,敌人封锁渡口,情况紧迫,找遍河岸只有一只没有竹篙的船。王助拾到一根晒衣竿,冒险带队登船,撑到中流时,竹竿断了,船被冲了五里远,随时可能被敌人发现。王助面不改色,指挥若定,终于让船安全靠岸。1938年2月,王助从闽东来到安民巷,出任新四军驻福州办事处主任,此前他是中共闽东特委委员,此后成了省委委员,时年24岁。在安民巷,王助等同志利用合法身份,通过读书活动、群众性抗日歌咏活动、办报办刊等方式扩大宣传,鼓舞当地人民开展抗日救亡运动。国民党顽固派制造"泉州事件",将已改编的闽中红军游击队包围缴械。王助立即与地方当局交涉,据理力争,使被扣人员三日内释放并发还武器,开赴皖南抗日前线。王助还恢复了福州地区党组织,秘密发展党员,其中有一位在福州长乐参加救亡活动的革命青年被王助慧眼所识,于1938年介绍入党,他就是改革开放之初的福建省委书记项南。1939年5月,因日寇进犯,办事处内迁南平。两年后,王助在战斗中牺牲于闽北,时年28岁。

我曾到过王助的家乡采访其事迹,又在安民巷与之邂逅,感触倍深。烈士早已远行,故事仍在流传。我注意到王助留在三坊七巷的身影叠印着另一层历史背景:安民巷53号也是林聪彝故居。林聪彝是民族英雄林则徐的次子,其故居门面在官巷,后门在安民巷。三坊七巷里还有林则徐母亲的娘家、林则徐三个女儿的婆家，林则徐纪念馆（林文忠公祠）也在近侧。这里当年聚居林、沈、刘、郑等几大世家，从这里走出的历史人物如群星闪烁，特别是近代，有林则徐、沈葆桢、严复、陈宝琛、林纾、林旭、林白水、冰心、林觉民、林徽因、王冷斋、黄乃裳等，印证了"三坊七巷一条街，半部中国近代史"之说。福州中心城区的衣锦坊、文儒坊、光禄坊、杨桥巷、郎官巷、塔巷、黄巷、安民巷、宫巷、吉庇巷及中轴南后街这片三坊七巷区域因众多历史文化名人而闻名，并且有着"中国城市里坊制度的活化石""中国明清建筑博物馆"之美称，因而列名于中国十大历史文化名街中。

三坊七巷如今已整修一新，成为福州的文化标志、网红打卡地、游客必游景点。近年我亦曾屡次重返安民巷，那里总是游人如织，联想当年初见时的情景，真有沧桑之感。如果有时间我还会穿行其他坊巷，路旁的传统宅院总让我恍如走进某一段故事，故事里有人物，有世道，有昨日，有今天，非常值得追寻与回味。

（原载《光明日报》2023年8月21日 1版）

鲜花压境的日子

张炜（中国作协副主席、山东省作协原主席）

半岛上的春天让我无比怀念，常常想起它在季节转换时的矜持脚步。记忆中半岛上的春天总是缓缓行进，仿佛从胶莱河登岸，稍事休整才继续往东。半岛东部的春天比河西要晚半个月左右，有这样一个时间差，大概是为了一场充分的冬眠，然后开始一场盛春的狂欢。

我将半岛的春天与济南作了对比：这座省城的冬天说走就走，春天不商量不预告，暖风一吹仿佛就是了。不过这个春天并不安分，转了一圈又去了别的地方，过几天再兜回来。它还未来得及在城里好好经营，夏天就来了。所以有人说济南几乎没有春天，天气说热就热。而半岛的四季却分成了均衡的四等份。对于熬了整整一个冬天的土地来说，春天的来临是多么隆重的一件事。一阵温煦掠过，春消息清晰无误地送达半岛。泥土透出特别的气息，种子萌动，第一束花枝开始摇动。迎春和连翘在前，杏与李在后，然后是大片繁盛的槐花，它们在月光下盛开，竟然压弯了枝头。槐花开放之期是整个春天的大日子。

有槐花铺展，半岛的绚丽就是自然而然的了。鲜花压境的日子来临。特别是渤海湾南岸的冲积平原，这个季节绿野平展展一眼望不到边，野花灿烂，蝴蝶翻飞，百鸟喧哗，各种小动物争相奋蹄。这个季节的猫咪特别明媚，它们在野地里恣意玩耍。上苍对辛苦的人们总有尽心的安排，总用一些奇异的生命安慰他们：野兔，小河狸，还有渠边上昂首而立的英俊大狗。

这都是很早以前的事了。后来，这片至美的自然画面开始消逝。我所熟悉的那片无边的林野已经面目全非，没有树林，没有成片的花海，代之以林立的烟囱和楼房。

每个人都有植在深处的幸福、痛苦或哀伤，不过一般都会在文字中绕开它们。但越是如此，越是不能忘怀。

少年时代那片海边的林子、白沙、河流、草地和花、各种动物，如果不是亲历者一一印证和说明，还有谁能做这件事情？比自己年纪更大的人当然也见过这些，但在交流中会发现他们如此健忘，竟然说得颠三倒四，或者只记得一个轮廓。大概他们太忙了，一直有更操心的大事，对往昔全不在意。这真是令人遗憾。而比自己更年轻的人则讲不清楚，他们根本没有这段经历。我不止一次遇到20世纪80年代出生的当地人，他们说到那片海域的自然景致，马上就激动起来了，说啊呀那片大松林，啊呀那片白沙滩。

他们只记得这么多,然而已经非常满足了,觉得非常自豪,足以让外地人听了眼馋:自己有过多么幸福的童年。因为这些内容在一般人那儿的确是陌生的,所以听者大气不出,一副翘首张望的样子,然后瞪大眼睛:"还有这样的地方?"他们想听得更多,耳朵像猫一样竖起来。那些人于是更加起劲地讲起来:"松林里野鸟太多了,麻雀成群,野兔乱跑,沙地上的蘑菇能让你们看花了眼,一会儿就采一麻袋!"

听的人抿着嘴发怔。讲述者又加一句:"还有彩色的、长了大尾巴的野鸡!"

听者和讲者都陶醉了。只有我在一旁不吭一声,消化着心里的同情。是的,他们生得太晚,比我还晚。我知道他们口中的这一切实在没有什么。刚刚讲的那片所谓的大松林倒真的有五六万亩,是20世纪60年代栽培的人工林,当地人称为防风林,是一条长长的沿海林带,南北宽度仅有二三华里。用了六十年的时间,这片松树从小到大,最大的直径已有三十多厘米,算是不小的成就。最可赞叹的是,它们终于有了葱郁之气,能够养育起许多蘑菇、花草,更有无数的小动物。走在海边,听着松涛和此起彼伏的鸟鸣,有时会觉得这是人间天堂。是的,这片松林可爱而且无比宝贵,因为它们实在是太孤单了。

年轻人没有看到20世纪五六十年代的林与海,而我则没有看到更早的，没能走进三四十年代的密林。对于我们这两代人来说，当然是各有遗憾。于是，我只能把自己亲身经历的林海给他们讲一遍。

他们眨巴着一双眼睛，压根儿想不到那时候的松林根本就不是主角。这条人工种植的绿带南部，是一眼望不到边的杂树林，混生了槐树合欢树、白杨和橡树，中间掺杂各种灌木。再往南才是真正的大树林，它们全是粗大的树木，由白杨、槐树、橡树、柳树、枫树、苦楝、合欢、梧桐、钻杨、椿树等北方树种构成，大到每一棵都不能环抱。这些大树都属于国有林场，林子中央有一些棕色屋顶，那是场部，里面住了林业工人，还有一个脸色吓人的场长，这个人戴了眼镜并叼了烟斗。

从林场往东走大约五华里，还有一家国营园艺场，那里是各种果树和大片的葡萄园。园艺场每到夏天就变得严厉起来，因为果实开始成熟，从这时一直到秋末，所有的打鱼人、猎人、村里人，都不能踏入园中一步。园艺场最提防的是一伙伙少年。

那时候女人和孩子不敢走入林子深处，因为不光会迷路，还要经历难以想象的危险，都说里面有害人的野物，有不少妖怪。林子太大了，它们东西延伸到很远很远，一直连接到另一个更大的林场。从南到北，沙岭起伏，密林覆盖。

这样的林子已经够大了，可是上了年纪的人会告诉我们：以前的林子要大于现在好几倍，里面除了而今常常见到的一些动物,獾和狐狸,还有狼。林子里穿过大小三条水流,其中的一条是大河。沿着大河往前走,离海还有三四里远时开始出现密密的蒲苇,然后是一座座被水流分开的沙岛。岛的周边是沼泽,一些长腿鸟飞来飞去。

"现在的林子,比起那时候就不叫林子!"老人这样说。

在一些老人的回忆中,林子诱人,无尽的传说和生灵、美味的蘑菇,更是诱人。有人总想采到蘑菇,这倒是一个难题。他们常常在所剩无几的树木间转悠,想找到蘑菇。顶多是遇到几棵伞顶薄薄的小灰蘑菇,那是不能食用的小草菇。

海边,成片的水泥丛林不知什么缘故被拆除了一大块。为填补这个空缺,就植起一片速生林。不过是几年的时间,又有了一眼望不透的树林了。许多人奔走相告,说去林子里玩吧,去野餐。还有人拿着篮子采蘑菇,当然还是空手而归。

"林子,树,正经不小了,怎么还没有蘑菇?"他们问。

老人说:"蘑菇大概还要等等看,它们想看这里能不能长久。还有,这片林子树种更杂、更大、更多、沿着海边走不到头,到了那时蘑菇就有了,其他野物也就有了。"

"这得等到猴年马月?"

"'十年树木',十年加紧造林,不停不歇,大概就能看见眉目了。"

老人的话深得人心。时间一晃到了2023年,据说海边的人已经准备了一万六千把镢头、七千八百柄铁锹、四百五十辆农用拖斗车,他们全都铆着劲儿,等待时机,去大水连天的苍茫之侧植树,夜以继日地植树,植各种树。

我们还会迎来鲜花压境的日子。

(原载《光明日报》2023年8月28日 1版)

社区的早晨

肖复兴（《人民文学》杂志社原副主编）

社区的早晨，即使酷暑，炎热如火，依然人气很旺。旁边的几个大小超市，进进出出的人最多；银行和邮局里，人也不少。在新型的社区，这些配套的服务设施都在跟前，和住宅只隔一条小马路，方便人们的日常生活。有意思的是，这几处，见到的大多是老人。只有社区大门前的马路上，不停穿行着三轮电动车和摩托车，骑车的是清早第一拨送快递的年轻人。社区的甬道上，奔跑的快递小哥，手里提着各种包裹和塑料袋，头盔下滴落着汗珠。

社区的早晨，年轻人上班之后，基本上是老人的天下。

超市里，还能见到老头儿，银行和邮局里，则绝大多数是老太太。很明显，各家的财政大权，基本掌握在老太太的手上，老头儿只是帮忙干提东西的力气活儿。当然，这样的力气活儿，不少也是老太太亲力亲为。她们嫌老头儿买的菜挑得不仔细，便自己肩背着大大的提兜，或手推着小车，奔波于超市和社区，累并快乐着。提兜和小车上露出鲜绿的菜叶、淡黄的鸡蛋和这个季节里正上市的红艳艳的鲜桃、瓜纹鲜亮的西瓜。这些丰富的色彩，跳跃在她们身旁，很快也会蹦到中午和晚上的餐桌上，迎接放学、下班回来的孩子们。这一份鲜艳的色彩滤掉了几分夏日的酷热，涂抹着美好一天里的期待。

这个社区建于新世纪初，算算有小二十年的光景了。最开始入住这里的，大多是外地来北京打拼的年轻人。他们买房的目的很明确，想安定下来，把各自的父母接过来一起住，一来尽尽孝心，二来让老人帮助照看孩子，三代同堂，一举两得。小两口或都来自外地，或一方是本地人，他们的父母，便从外地来到北京，或从北京老城住进这里。

日子如风，小二十年，就这样过去了。对于一座古城、一个社区，二十年并不算长；但是，对于人生，二十年可不算短，它占去了人生的四分之一，甚至更多。最开始住在这里的年轻人，如今也已经五十上下，不过从外表上看，还不怎么"显山露水"；老人却明显变得苍老，最年轻的也七十开外，不少已经"八张"了。

白天，社区里人很少；晚上，下了班的中年人、年轻人或放了学的孩子，在花木丛中、梧桐树下散步或跑步。而在早晨，老年人不约而同地出动了，到处能看到双鬓斑白、满脸皱纹的他们。偶尔，也能见到拄着拐杖的龙钟老者，他们不会出现在超市银行邮局里，那些繁杂的事，已经顾不过来了。风烛残年之际，他们需要操心自己的身体，活动衰老的身躯，和紧迫的时间进行顽强的抗争。

不过，大多数的老人腿脚还很利索，他们乐意出入超市、银行、邮局，觉得既办了事情，又锻炼了身体，还体现了自身的价值。社区的门前，常见到这样拎着大包小包的老人，精神饱满地相互打着招呼，让人感受到社区的生气和活力。

记得去年春末的一个早晨，从超市归来，走进社区，忽然看见一座楼前的小花园一片凋零，有些意外。这家是前几年刚搬来的，买的二手房。主人是一对年近四十的中年夫妇，一眼相中了房前的这个小花园，当下痛快出手，买下了房子。小花园面积有近二十平方米，当初只是稀稀拉拉地种着几株蔷薇。他们锄掉蔷薇，换上满满一花园的月季，还在花园四周围上一圈漂亮的矮木栏。这一切，都是请专业园林工人干的，干得确实漂亮。月季开放的时候，株株挺拔秀气，五彩斑斓，花香四溢。双休日的早晨，能看见他们夫妇俩"你挑水来我浇田"般打理月季，兴致很高。这才过去了几年，月季大多枯死，木栏也都被雨水沤烂，东倒西歪，一片狼藉。小花园以前缤纷花开的盛景，梦一样地随风而逝了。想想，也难怪，他们夫妇俩工作忙，心气远不如刚搬来时那样高涨。小花园，顾不过来了。

今年开春，他们家的小花园又有了生气。凋败的矮木栏全部换成了雕花铁艺围栏，很是美观。枝叶零落成泥的月季都拔掉了，地上铺了一道鹅卵石小径，蜿蜒通向他们家的露台门。小径两旁，摆着几盆天冬草和绿萝之类的绿植，小径周围有限的空地上，种了几株不高的紫薇。荒芜的小花园骤然绿意葱葱，尤其是清晨，露水打湿了鹅卵石小径，打湿了天冬草、绿萝和紫薇树叶，湿润而晶莹，连带着楼栋的四周都清新了许多。

一打听，原来是他们把老丈人和丈母娘从外地请了过来。这一对夫妇忙不过来，便请这一对老夫妇帮忙。小花园，交接班似的，交到了老人的手里。这一切的打理，没有像孩子那样大手大脚请什么专业工人，都是老人自己动手，一点点弄成的。有时候早晨从超市买东西回来，见这一对老夫妇在小花园里忙乎，彼此熟络起来了，便常相互打着招呼。我夸赞他们："还得是老将出马，一个顶俩！"老爷子倒也不客气，说："那是！家有一老是一宝嘛！"老太太在一旁咯咯地笑。

这天早晨，从超市回社区，路过楼前的这个小花园，看到园子里那几株紫薇开花了。花不开便罢，一开就开得茂盛鲜艳，紫红色的小碎花挤在一起，一簇一簇的，那么亲密，风吹过来，摇头晃脑，像是在交头接耳，兴致勃勃地说着什么。想起汪曾祺先生描写紫薇花开的文字："一个枝子上有很多朵花。一棵树上有数不清的枝子。真是乱。乱红成阵。乱成一团。简直像一群幼儿园的孩子放开了又高又脆的小嗓子一起乱嚷嚷。"说的就是眼前紫薇花开的样子，就是他们家老少同堂忙乱又重拾烟火气旺盛的样子。

可惜，这天早晨，没见到这一对老夫妇，很想对他们说说汪曾祺老先生写的这段话。

（原载《光明日报》2023年9月4日 1版）

母亲河畔的笑声

赵丽宏（上海市作家协会副主席）

上海有两条母亲河，一条是黄浦江，一条是苏州河。黄浦江宽阔浩荡，是万里长江的最后一条支流。黄浦江从南向北流向吴淞口，把上海分隔成浦西和浦东，从前的上海港，其实就是黄浦江两岸的码头。人们至今仍记得江畔的繁忙景象：密集的船舶、起落的吊车，还有蚂蚁般辛劳的码头工人。现在，那些古老的码头都已消失，当年的江边码头，现在成了绿地和花园。这是时代的变迁，也是现代生活中的奇迹。

苏州河没有黄浦江那么宽阔，但她的历史比黄浦江更悠久。古时候，苏州河被人称为吴淞江，她弯弯曲曲地从苏南的腹地流过来，流经上海，汇入长江。那时，年轻的黄浦江是吴淞江的一条支流。后来，黄浦江的潮水日益蔓延，河床不断拓宽，成为流向长江口的一条大江，而苏州河，依然蜿蜒曲折地缓缓流淌着，逐渐变成了黄浦江的一条支流。

然而在上海人的心目中，苏州河和老百姓的生活有着更亲密的关系。上海从一个荒凉的渔村发展繁衍成繁华的都市，苏州河功不可没。一百多年前，人们就在苏州河畔聚集、居住、谋生，大大小小的工厂作坊，犹如蘑菇，在河畔争先恐后地滋生。苏州河就像流动的乳汁，滋润着两岸的市民。在我的童年记忆中，苏州河是一条变幻不定的河。她时而清澈，河水黄中泛青，看得见河里的水草，数得清浪中的游鱼。江南的柔美、江北的旷达，都在她沉着的涛声里交汇融合。这样的苏州河，犹如一匹绿色锦缎，飘拂缠绕在城市的胸脯。苏州河退潮时，河水就会变得浑浊。到后来，苏州河逐渐成了一条藏污纳垢的黑臭之河，成为上海的难堪，成为上海人心里的痛。

苏州河，这条曲折悠长、让人心生复杂情感的母亲河，无数次出现在我的诗文中。我写她曾有过的清澈，写那些姿态不同的桥梁，写河里形形色色的船舶，写发生在河两岸的人间悲欢，写文人在河边踱步的飘逸身影，写弹孔累累的老建筑中抗日英雄的呐喊……我也写过苏州河的苦难，写过那条黑色河流的污浊腥臭，怀念呼唤她当初的清澈。

我的小说《童年河》，写的就是发生在苏州河畔的故事。小说中，有我童年记忆中那些难忘的人物和情景，也有我的母校——坐落在苏州河畔的那所小学。小说中，有我的同学、我的老师，还有那座环形的二层校舍楼、那个小小的操场、屋顶阳台上音乐教室里的歌声。

三年前，接到一个朋友的电话，他告诉我："苏州河畔的北京东路小学的师生都读了《童年河》，他们发现小说中写的那所小学，就是他们的学校，你就是从这所小学毕业的。母校很高兴有你这样的校友，决定在庆祝建校一百周年的时候，在学校里建一个童年河图书馆。"

北京东路小学的王校长找到了我，邀请我参加童年河图书馆的开馆仪式。她说："母校的孩子们都想见见你。那天，我们想办法把你认识的还健在的老师也请来。"

这个来自苏州河畔我的母校的邀请，是这几年中最让我激动的一件事情。离开母校将近六十年了，尽管已经很久没有再踏进母校的门，但记忆中的一切都清晰如初。对母校的记忆，不仅仅是建筑的模样，还有像苏州河的潮涌那样遥远而又亲切的情景和声音。那是上课下课的钟声，是教室里操场上的喧闹，是老师和同学们一张张生动的脸，还有无数铭刻在心里的细节。六年的小学生活，曾经有五个老师当过我的班主任。一年级的沈老师，一个年轻秀美的姑娘，她教会我汉语拼音，让我一生受用。二年级的姚老师，虽然样子像家庭妇女，但算术课上得活泼有趣。三年级和四年级的沐老师，年纪不大，但已经满头白发，她的脸上，永远带着温和的微笑。五年级的陆老师，一个风趣的人，嘴里经常衔着一个烟斗。他上语文课总是会离开课文讲故事，还会向我们介绍一些好书。每次下课时，他总会留给大家一句话："且听下回分解。"于是我们眼巴巴地等着下一堂语文课。六年级的丁老师，有点严肃，说话言简意赅，颇有学者的风度。少先队大队辅导员徐老师，是一个二十来岁的年轻人，说话时会脸红。还有课外辅导员，是两个不到二十岁的少女——梳着长辫子的邓老师、留着短发的苏老师。我记得她们两人在操场上踢毽子，把一个鸡毛毽子踢得比两层楼还高，毽子从天上掉下来，苏老师可以用脚后跟轻轻接住，继续往上踢……当然，还有我的同学们，我记得他们每个人的名字，记得他们的身形和表情，记得我们之间的种种交往……记忆中，学校门口有两个长方形花坛，种满了伸展出长长枝条的蔷薇花，开花时，学校的围墙上一片缤纷，引来蝴蝶和蜜蜂。考中学时，语文卷子上的作文，我就写了学校门口的那一片蔷薇花。

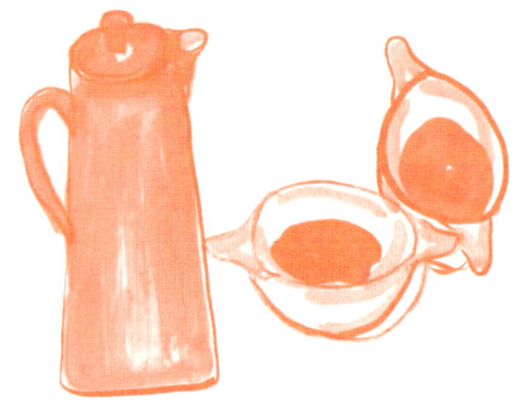

童年河图书馆开馆那天,我走进了离别将近六十年的母校。母校的老建筑早已拆除,在距原址不远的地方建造了漂亮的新校舍,离苏州河更近了。我站在童年河图书馆的窗前,凝视着从窗外流过的苏州河,往事一幕一幕浮现在眼前。童年的欢乐和辛酸,都曾在这条曲折的河里泛起浪花。以前,这里曾是肮脏的垃圾码头,河岸上堆满了杂乱的货物。现在的河滨,是绿荫缤纷的花园,是步道。记忆中的那条大河,现在似乎变窄了,当年浑浊的河水,现在变得清澈了。苏州河里波光闪烁,蓝天倒映在河面上,白云在蓝色的河水里飘动。这就是当年我在音乐教室的窗户里俯瞰的那条船舸如梭的河吗?这就是当年我在清凉的流水中奋臂击水的河吗?这就是我曾经以无奈的心情用诗句诅咒过的那条浊浪滚滚的黑臭之河吗?

王校长问我:"这是不是你记忆中的苏州河?"

我回答:"是,也不是。"

童年的苏州河早已随岁月流逝,而眼前的苏州河里,每一滴水都是新鲜的,每一道波光都折射着新时代的光影。远远地,可以看到苏州河流过外白渡桥,流进了水烟迷蒙的黄浦江,那是上海两条母亲河的交汇处。浩瀚的长江口在等待着她们的汇入,她们的归宿大海并不遥远。

在迎接我的联欢会上,母校的孩子们把《童年河》中的故事改编成小话剧,一段一段地表演着,会场里漾起一阵又一阵欢快的笑声。他们大声朗诵着自己写的诗：

幸福是什么？

幸福是没有作业的周末，

幸福是阅读喜欢的书籍。

幸福是遇到了梦中看见的风景，

天那么蓝，水那么清。

幸福是升起美丽的白帆，

向着理想的港口远航……

（原载《光明日报》2023年9月12日 1版）

湖畔风景

刘成章（首届鲁迅文学奖获得者）

上善若水。我意：水即上善。自古以来，人类都是逐水而居，对水有着一种天然的喜爱之情。而我住的小区里，就有一汪碧湛湛的湖水。

这是首都北京的湖和水。

这片湖水满足了人们对它的期待：春有春的明媚，夏有夏的清凉，秋有秋的旖旎，即使到了冬天，也会给我们捧来一湖冰的晶莹。

由于工人师傅的辛劳付出，湖里有了荷花的清幽，水草的蓊郁，金鱼摆尾巴和吐泡泡的灵动。过了一段时间，不知从哪里来了些青蛙，又是打鼓，又是唱着"呱呱呱"的歌谣，这使我激动不已。听见它们的声响，我的童年便重现于眼前，只有几步之遥。我每天都要去童年里走上一遭。后来，又飞来了两只野鸭子，使湖面多了些浪漫的气息。野鸭子和家鸭子很不一样。家鸭子无论雌雄，都长得痴肥臃肿，走起路来摇摇摆摆，早已丧失了飞行的能力；而野鸭子苗条秀气，它们想飞就飞，轻捷自如，让人发自内心地喜欢。据说，那两只野鸭子是一对恩爱夫妻，是从朝阳公园飞来的。朝阳公园里有一片60多万平方米的水域。或许是某一天，它们在四周飞翔闲逛时，经过我们小区上空，低头一看，这里竟然也有一个湖呀，真是一个躲开喧嚣的好地方，就决定落下来游玩。此后，便隔三岔五地总要来。

今年初春冰雪消融之后，物业抽干了湖水，彻底清理湖底，并且进行了改建。原先的单头小喷泉，现在变为环形立体大喷泉，枝枝丫丫都喷射出冲天的灿烂水柱，当好风吹来时，细雨到处飘洒，让人好不舒心。原先湖里的荷花，都是栽在小花盆里的，现在把小花盆都撤了下来，代之以水泥砌的大池子，土壤肥厚，天地广阔。每个池子都像一个偌大的花圃，好像能装得下十来个月亮。原先的荷叶最大不过两个巴掌，现在则硕大舒展，挤挤挨挨，竟可以和黄永玉的万荷堂比美。一朵朵大荷花，花香四溢，吸引来了好多蝴蝶。整个大湖，面目一新，似乎是要招待远方来的贵客高朋。

一个清晨，正当旭日照着蓝玻璃似的湖面，忽然，九只小精灵，出现在人们的视野里——那是九只小野鸭！一个个毛茸茸的，羽毛黑黄相间，宛若举办童装秀。这一窝小精灵！

九只小野鸭啊，一窝会游泳的花骨朵！

这些花骨朵,是大野鸭从空中背过来的吗?显然不可能。我又想,这些花骨朵,应该是在湖畔孵出来的。那么,是在湖畔的哪个位置?有人说,是在草丛里;有人说,是在石头缝里。但是,谁也没真的看见过。

后来经过多方打听才知道,它们的孵化之地是在小区的7号楼后面。出世后,它们极小极弱,但它们也有自己梦想中的天地,于是鸭妈妈领着它们去作寻水之旅。它们走到小区大门口时,保安惊喜地发现了它们,便把它们叼到了湖水中。这下,它们有了固定的家园。假如给它们建立一个档案,可以这样写上:"祖籍:朝阳公园;出生地:7号楼后;目前固定住址:潋滟湖里;健康状况:优;性格状况:开朗活泼;理想:自由飞翔。"

这些小野鸭,这些难逢的小贵客,它们的降临,给我们这个小区平添了无限的生机、情致、喜气、趣味和诗意。这些花骨朵,给小区里的人们,特别是孩子们,带来了无尽的愉悦和欣喜。

湖畔的所有目光,都被小野鸭所吸引;湖畔的所有脚步,都因小野鸭而慢了下来;湖畔的所有议题,都和小野鸭有关。小野鸭是开心果,人们为它们而喜笑颜开;小野鸭是调音器,人们心上的管弦也因它们而愈加和谐动听。我今年已经86岁了,因为这小精灵的到来,我年轻了10岁。我愿和这些小精灵做个忘年交,每天都想亲近它们几次。

虽然鸭妈妈整天领着它们游弋、觅食,保护着它们,但是它们毕竟还稚嫩。为了让小野鸭生活得更加安全、舒适,物业在湖面的一丛荷花旁,给它们盖了一座瓦房似的绿顶小屋。这小屋像模像样,恰似童话里美丽的小建筑,很耐看,并且每天都有专人送去科学搭配的食物。如果把这座小屋称作野鸭的豪华别墅,也不为过呢。

小屋的出现让孩子们欢呼:这活脱脱是一个童话的世界!孩子们都说:"我们的小野鸭是最可爱的,白天鹅也比不上呢!"

望着小野鸭,我心里默默地说:"这小屋,这湖里的一切,包括喷泉、荷花、水草、涟漪、阳光和岸边的高大树木,甚至是落在湖里的蓝天、白云、明月、星辰,都归你们了。湖里有数不清的小鱼、小虾、小虫,你们尽情享用吧。"

孩子们表达对小野鸭的喜爱和羡慕,有他们独特的方式。他们凑近小野鸭,谈论它们,问候它们,也有淘气的孩子,随手捡一些树枝,向它们轻轻掷去,逗它们玩。小野鸭虽然年幼稚嫩,却似乎也有孩子的智商,一点也不害怕,依然在孩子们面前自在地游来晃去,还要唱上几声。

就这样,我们小区的这片湖水,以那些小野鸭为焦点,每天都好戏连台。人们路过湖畔时,再也不埋头看手机,而是将目光投向湖面,寻找小野鸭的身影。要是寻找不到,总是十分失落;要是看见了,总要拍张照片,尽管已拍过好多次。倘若几个人遇到一起，便是谈论小野鸭："你看见小野鸭了吗？""快看，人家一家子都出来了！""太可爱了！""真是些花骨朵！"……

是的，它们长得真快，不到二十天，已经长成大孩子了，好像已经到了可以上学的年龄。它们在人们的欣赏、疼爱中，在人们的赞美声中，幸福地成长着。

湖水是分了三个台级的，相邻的两个台级之间相差了一米。令人惊奇的是，大鸭领着小鸭，居然可以上到更高的那片湖面。它们一会儿在水面上嬉戏，一会儿在石坝上休憩。它们是怎么上去的呢？后来，有人揭开了谜底：大鸭领着小鸭子从岸边走上去的！

大家心里都明白，总有一天，这一窝花骨朵，会扑噜噜地展翅高飞。人们在心里默默叮嘱："小野鸭啊，小可爱啊，你们将来不管飞到哪里去，都别忘了这里。要是累了倦了，就毫不犹疑地飞回来，回到这一汪蓝莹莹的湖水中，这里永远是你们的故乡。"

（原载《光明日报》2023年9月19日 1版）

高高的洛茸村

陈应松（湖北省作协原副主席）

从洛茸村看去，周围全是皑皑雪山，可以看到白马雪山、玉龙雪山甚至梅里雪山。这儿海拔3600米。在"人间天堂"普达措，它是唯一有人居住的藏族村落，也是有名的松茸之乡。

藏语中"洛茸"的意思是"与世隔绝的地方"，这里的确太远了，车一直往上开，开到了白云生起的高高的山梁。

在洛茸村的宽阔草场里，洛茸河带着响声逶迤流向远方，漱石溅玉，森林茂密，云杉高耸，牦牛成群。刚下了一场阵雨，河水流淌的声音格外清亮，大树上长满了松萝、苍苔和菌子，一些自然衰老死亡的树木倒在溪边。云雾往上蔓延，一会儿就冲腾至山巅，形成天空喷泉般的白云。散落在山坡上的三十多栋藏式楼房，雕梁画栋，色彩艳丽，这里的藏式民居其构件装饰异常精美，体形雄阔庄严，称为密肋梁柱排架结构，外观的雄伟靠的是数十根巨木支撑，具有庙宇式的恢宏，这也是家庭富裕的象征吧。

益西长着一张高原红的圆脸，皮肤有点黑，普通话很流利。他带我来到他出生和成长的洛茸村。六月，因为海拔高，这里的夏天似乎才刚刚开始，到处盛开着锡金报春花、高山海棠花、灰背杜鹃花、狼毒花、黄连花、灯笼果花（果实是极酸的醋栗，就是茶藨子）、绣球藤花。除了满地的牦牛，还有小巧玲珑的藏香猪钻在灌木丛里。藏獒静卧在路口，却并不咬人。

益西在普达措国家公园上班，是洛茸村出的大学生，毕业于云南民族大学香格里拉职业技术学院。他的妻子毕业于西南林业大学，在普达措实习时与他相识相恋，毕业后两人就结了婚。

路上益西给我介绍，他们村全是藏族人，他家以前主要是靠养殖，七八月份采松茸，一年有六七万元的收入。松茸以出口为主，迪庆一年出口八百吨，普达措就有四百吨，占一半。

这个寂静淳朴的美丽村落，坐落在雪山和河谷的怀抱里。我的第一印象是，这个村子虽然也养殖牦牛和藏香猪，却没有惯常的畜便气味。一问，才知他们的猪和牦牛都养在离家很远的地方，建有圈栏。过去藏式民居一楼主要用于圈养牲畜，但现在的房子一般不会如此了。

益西家的房子实在令人震惊。在围墙外的车库里，有一辆面包车，一辆手扶拖拉机，一辆小型厢式拖拉机。进入院子里，我面对的是一座宏伟的民居，用宏伟二字没有任何夸张。我不禁连连赞叹，益西谦虚地说，他们家的房子在村里还不算是最好的。益西家的院子很大，两边的耳房是平房，无论是楼房还是平房，都是藏式的雕花风格，斑斓绚烂，富丽堂皇。他带着我参观他的房子，一楼全是房间，他说他家正在搞民宿和农家乐。普达措名气大，来村里的人却不多，只因为山高路远。

我细细看他的那些房间，里面的装饰全是用的木头。他的婚房就在一楼，他说，因为妻子在香格里拉上班，他住城里，很少回来。平时是父母居住，父母现在去草场放牧了。他向我展示他们全家的照片，一家三代七口人，都在开心地笑着。

我们上了二楼，这里更加气派华丽，全是木地板，木头墙壁雕饰有龙和各种花纹，其精致程度、繁杂程度，让人叹为观止。二楼房子阔大，完全可以成为两百人的会议室。我说，如果民宿住满了客人，将是一个欢聚的场所，他说正是这么设计的。

我们在二楼的平台上俯瞰整个洛茸村，一个个藏式院落相隔较远，鸡犬之声不闻。河谷里有成千上万的牦牛，洛茸河优美地从草甸流过，亮晶晶的，像一条被风吹起的哈达。他指着对面的山上，说那里是栎树、云南松、杜鹃等组成的混交林，是生长松茸的地方，他们过去就是在里面捡松茸，因为二十多年不砍树了，里面的松茸很多。

我们再上到阁楼，即暗三楼，这里面琳琅满目，挂满了腌制的藏香猪肉、香肠、猪皮，估计有几百斤。他说猪是自家养的，也是为了搞农家乐。有来这儿的游客，加了微信后，每年都让给他们邮寄这些猪肉制品，以及牦牛肉干、松茸和其他野生菌。

在阁楼里还存放有大量的马具：木马鞍、铁马镫、马辔、笼头、衔铁等，都很有些年头了。他说过去他家里有十几匹马，普达措有了些名气后，益西的父母和其他村民一样，将自家的牧马配上了马鞍，让游客骑行。他说他不到十岁时，就牵着马载着游客在这一带湿地、草甸、森林里游玩，一天能挣一百元。有些村民还在草地上摆摊卖烧烤、零食和土特产。村民是富了，但草甸被践踏得乱七八糟，湖水被污染了，森林里的许多动物也跑走了。后来普达措建起了国家公园，这一带是公园核心区，受到严格的保护，村民们退出了烧烤、摆摊、骑马等经营活动，由国家公园投入资金对村民进行生态反哺。

益西带着我去村主任边玛家，他家的房子有些旧，但也很气派，只是他家的一楼还养着些牦牛。他正在准备吃午饭，见我们来了，非要让我们一起吃，我们告诉他已经在客栈订好了午饭，就想与他聊一会儿。我们便出了院子，让他先吃饭，他一再说"不好意思"。

过了一会儿，边玛来到我们歇息的小屋，坐在木条椅上，他谈了一些村里的事。"现在富啦！"他说，"过去穷得没鞋穿，现在呢，每年家家都有上十万元的收入。"他说他的一个女儿现在云南财经大学读书，去年村里还有个孩子考取了中央民族大学，国家公园的"教育反哺"让村里的孩子都有出息了。边玛说："这里是高寒山区,过去半农半牧,种青稞、洋芋和蔓菁等作物,现在种地的人不多了,都在国家公园打工、护林。每年从五户村民中抽出五人组成专职护林队,人员每年轮换,目的就是更有效地保护好我们的青山绿水。"我问他房子没打算盖新的吗?他说,现在不准随便建房了,如果房龄没有达到三十年,不得私自拆旧建新。现在家家户户用上了节能取暖炉和太阳能热水器,柴火用量减少到每人每年不得超过一立方米,而且都是到山上捡拾的枯枝朽木。过去藏马鸡不多见,现在只要下雪,到处都是。还有黑熊和各种动物,都能看得到。

村子不远就是我们吃饭的客栈,藏式建筑的四合院。洛茸河在这周围形成了一片很大的湿地,湿地上有步道、木亭、小桥。白色的高山海棠花满树开放,河边一丛丛灰背杜鹃如紫色的花海,一头吃草的白牦牛仰头望着我。

洛茸村是太高太远了,但这里真的是天堂般的存在。我在网上看到一句话:在洛茸村三个小时,感觉肺洗干净了。

(原载《光明日报》2023年9月25日 1版)

太行泉涌

关仁山（河北省作协主席）

太行山上有悬崖绝壁，有巉岩山洞，叮叮咚咚山泉响。阳光轻轻地落在山路上，泉水闪着光泽。各种鸟在泉眼处叽叽喳喳唱歌，充满生气，袅袅升腾的炊烟，缓缓化入云彩。

太行山人，对幸福的理解是朴素的，简单的——有石头房，有柴米油盐，老婆孩子热炕头，一家人贴心贴肺地过日子。这一切说来简单，这里的风景却深奥无比，极有韵味，极有特色。看不到泉水的时候，会听到清晨的鸟鸣，看见夜晚的萤火。山是宁静的，站在山顶看雾起雾落，银灰色的气流荡来荡去，这里不仅有瀚海般的壮阔风景，还有烟火缭绕的生活图景。太行雄风阵阵吹来，吹入寻常百姓家。我想倾听大山的声音，追寻远去的故事——

邢台人常常不无自豪地说："我们是太行山的子孙。"

是啊，我们这次来邢台采风，喝上一口泉水，寻找太行山的精髓，此刻的心情异常激动。

太行山脉，位于中国华北板块中部，全长约500千米，宽约50千米，山脉走向呈北北东—南南西。这里是华北平原和黄土高原的天然分界线，自然风光俊美，还曾是重要的战略基地，晋察冀、晋冀鲁豫根据地都以太行山为依托。

我去过太行山的朱温坪村。这个小村庄曾是抗日根据地，八路军129师兵工厂的一个车间就在这里，冀南银行的各种物资也藏在这里。1942年，日寇大扫荡，杀害了守卫的八路军战士，把山洞里的物资推下山崖，还在村庄点了火，烧了两天两夜。八路军和山民是吓不倒的，他们在华北平原搞破袭战，将截断的钢轨运到朱温坪村，村里的铁匠用它们来打造武器。

浩瀚巍峨的太行山向人们敞开博大的胸怀，拥抱那些勇敢者。红色的历史在漫长的岁月里发酵，凝聚成深沉的力量。山水相依，长风浩荡，历史的记忆，思想的浪花，就这样在山脉里网织着一个立体的形象。

我想，太行山有多少种颜色呢？土的颜色，石头的颜色，还是树木的颜色？青色，褐色，还是五彩之色？

夜色降临，太行山脉的壮丽山峦仿佛和远处的广袤平原连接在一起，我们仰观苍天，一片灿烂的星光。

太行山啊，你在想什么呢？山坚如磐石，风是自由的，云随风涌——太行山的上空升起了繁星，我凝望着这片似被泉水洗过的星群，惊讶于其绽放的光芒。驻足邢台的太行山山巅，你会感受到一种清凉，一种安宁，一种高贵，让你引发无尽的畅想。

巍峨太行，峻岭叠嶂，青山绿水，白云缭绕。然而，大山也曾留下眼泪，留下沧桑和哀愁——是极度贫困让这里深深困囿。聂荣臻元帅与太行山阜平县人民感情深厚，新中国成立后，当得知那里的百姓依然贫苦，他流着泪说："阜平不富，死不瞑目！"党的十八大之后，前所未有的脱贫攻坚行动开始了，从脱贫攻坚到乡村振兴，勤劳的太行山人在党和政府的带领下，经过一番苦斗，阔步走在致富奔小康的道路上。

今天的太行山变了。就拿朱温坪村来说，这里有好山好水好风光，有石头路、石头桥、石头房，有民宿，层层叠叠。城里人到这里吃农家饭，吃核桃，吃板栗，吃高山苹果，旅游业发展的路子越走越宽！

太行山也承载着丰富的文化积淀。积淀越深厚，新创文明之路的意蕴就越丰富。

我在邢台博物馆看到了邢台的地貌图：城区坐落在太行山东麓的冲积扇地带，西高东低，延绵的太行山脉阻挡了东部吹来的暖湿气流，让西部太行山区降水充沛，山里地表水渗入地下，所以平地出泉无数，被誉为"太行泉城"。"水涌百穴，甘露争溢"是太行山给予邢台的胜景。相传，甲骨文中频频出现的"井"字，就是演化后传承至今的"邢"字的初始文字。"邢"即井邑、井地。远在上古时期,黄帝亲率邢人利用泉水建井田,筑邑而居,史称"黄帝凿井,聚民为邑"。从这些传说中,我们也仿佛窥见了文化的奇境。在这生生不息的时间迷宫里,我们破译出一个个人间谜语,从中获得智慧和启迪。

在泉水源生态保护区,鹭鸟拍打着翅膀,低飞掠过水面,它们发出嘹亮的鸣声,仿佛在追逐升腾的云彩。那里,还有邢台特有的优雅而美丽的涌泉鸟。

远处那座山岩的姿态像达摩面壁,静默而虔诚地俯瞰世界,给我们留下了巨大的想象空间。那山岩上的参天古树,想必苍郁、挺拔,展现出一个强者应有的品格和力量。与之形成鲜明对比的,是古老的暗红色的石板,它们在阳光里闪着微光。

山连着山,无穷无尽。走在太行山上,我们常常听见歌声,几句简单的吟唱打开了我们的心扉,让我翘首遥望。人与人是有缘分的,人与山也是。

清晨的微光铺洒在山坡上,我看见了山坡上的玉米、果树和土豆,看见了农民的腰杆在山风中一再弯曲,淌着汗水的臂膀在微微晃动。收秋了。秋天是收获的季节。

太行山啊,威严中透着温情,魅力无穷。

一片鸽群凌空而起,追随着纯洁的白云。如果我们愿意等待,在白鸽呢喃声中,我们会看见那些飘浮不定的云彩慢慢地向太行山顶聚拢过来。这是富饶而绮丽的美。

时代唤醒了沉睡的太行山,太行山的一切色彩都如同象形文字,告诉我们前进的方向。这曾经寂寞的山脉,被泉水浸润过后,重新繁华起来。文化和精神的痕迹是清晰的,汇聚在群山之巅,隐藏在沟沟壑壑,也镌刻在美丽的太行泉城里。

创作了小说《白洋淀上》之后,我想,自己应该写一部充满烟火气息的关于太行山的小说了,书名就叫《太行山上》。我仿佛听到了山石深处传来动人的歌声,自强而又自信。

(原载《光明日报》2023年10月11日 1版)

看云记

乔叶（北京市作协副主席）

频频看云是近年来的事。自到了北京，自然而然地就经常看起了云。在这之前，我是不怎么看云的。因看云似乎是很多北京人的日常，也就入乡随了俗。

看云是闲事。闲事也是事。我渐渐发现，这闲事居然还是件经常能上新闻的事。顺手翻一下关于云的新闻，隔三岔五，比比皆是。

仅今年四月到六月间，我刷到的就有这么些条——

四月二十九日："五一"假期第一天，北京晴空万里。午后，天空出现一抹七彩云带，画面十分美好。

五月二十七日：震撼！北京出现大片乳状云。

六月十日的题目是：北京的云彩好似泼墨画，天空如画布，美翻了。

这天的云实在是有些美翻了的意思，我目睹为证。这天是周六,我和朋友们在通州宋庄约聚,先是在一家书店喝咖啡闲聊,我聊天聊得心不在焉,只因一直在留意着云。这店是整幅的玻璃幕墙,巨大的云在窗框里,如画一般。——形容漂亮的实景,就说美得像画一样;夸画的时候又说,看这画得像真的一样。我们是不是总是这般讲套话?

坐着坐着,我就坐不住了,想要到这云下。就走了出去。蓝天做底,这云美得很不真实。——云总是不真实的,美梦一般的不真实。想要这不真实趋近于真实,就只有去尽力地靠近真实。

在真实的云下,我拍了好些照片,后来再翻看,也还是觉得不真实。那天的云无论大小,都有着特别随意任性的毛边儿,大块云有大毛边儿,流苏一样。小块云有小毛边儿,仿佛细丝。总之主打的就是一个飘逸轻盈,是再高妙的丹青手也画不出来那个劲儿。

曾读过一本有趣的书,叫《云彩收集者手册》,我对照了一下里面的描述,这种云应该叫毛状云,书中说:"毛状云就只是简单的、细条状的高空云。它能表明高空有持续不断的风,除此之外,并不会提供其他信息。"可能也觉出了这么判断还缺点儿什么,作者又说:"也许它们存在的意义就只是长得好看。"

每每想起这句我就想笑。好看,这就是足够重要的意义。如果天上没有好看的云,那该是多么不可想象的事啊。

云这么好看,却也不妨碍它下雨。那天,我们在宋庄的街道上闲逛，走着走着雨就来了。雨来了，云还在，太阳也还在。这就是名副其实的太阳雨了吧？淋着这雨，我们都没有打伞。打伞会觉得辜负了这云的，也会辜负这雨，不是吗？

乌云也是好看的。比如这天我恰好在家，下午四点多，突然乌云满天，打起了雷，然后就是大雨。还有大风。我家住在25层，从没有在这么高的地方看过下大雨。遥远的天边有亮色，中间暗的一团应该就是雨了。在明和暗的边缘，只见一缕缕的雨云绸缎一般垂下来。雨就是这么从上往下走的吗？非常清晰。大风吹着，那雨云还飘摇起来，如巨大的丝带。近处，楼和楼之间，也有风挟持着一缕缕的雨云在飘，却是清亮的白色——这时就觉得云更近了。简直想扯一片下来。几个大雷过后，明暗处便渐渐模糊，混作了一团。云全都成了雨。

关于云的消息常常来自《北京日报》。我有些怀疑是不是报社里有一份专门看云的工作，若果真如此，我简直都有些想要应聘了。除了跟踪报道云，还有配套文章介绍云的相关知识。如近日的云是什么云，为什么会这么美之类的。时不时地，就会看到有位名叫张明英的气象专家被记者采访，我一直以为是位女士，查了资料才知道是位男士。

以张老师的说法，北京夏季最常见的这种云叫对流云。如果低层的空气温度明显高于高层的空气温度时，大气就处在一种不稳定状态，低层暖空气会做上升运动，从而形成对流。上升运动的暖空气温度不断降低，当达到凝结高度后，水汽就会凝结形成云，这就是对流云。一般来说，对流云根据对流强度分三个阶段，初期形成的是淡积云，这样的云特点是云体较松散，云顶向上凸起，底部又相对平坦，看上去很蓬松，好似朵朵棉花糖在天空中飘浮。如果对流不那么强烈，这种云朵出现时就是晴天，在蔚蓝天空的映衬下，看上去更加洁白无瑕。对流旺盛时的对流云就是浓积云和积雨云，云体如山似塔地层叠在一起，此时就预示着雷雨、冰雹等强对流天气要来。

从张老师这里我还知道了"东北冷涡"，来自东北地区高空冷涡天气系统，被简称为"东北冷涡"，它会使高空大气温度明显变低，从而使高低空气温差变大而造成大气的不稳定，在不稳定的大气层结条件下，极易产生空气上下的热对流，低层空气上升遇冷……云来了。

对流云爱变且善变，往往是午后云层逐渐增加，太阳落山前后云层减弱，此时光线照在云体上就可能出现艳光四射的晚霞。这种光线也有说法，叫"丁达尔效应"。我惰性大，难得早起，没赏过朝霞，西山晚霞却是没少看到，着实美极。曾听人说，徐志摩有言，"北京的灵性，全在西山那一抹晚霞"，也上心去找过这句话的出处，却怎么也找不着，后来便作罢了。就当这话是他说的吧，确实也像是他说的，毕竟他写过那么多有云的诗句。如《再别康桥》里，"我轻轻的招手，作别西天的云彩"。又如

《偶然》里,"我是天空里的一片云,偶尔投影在你的波心"。毋庸置疑,他一定是爱云的人。

突然又想起20世纪七八十年代在乡间的日子,也有很多云。乡亲们走到路上,抬头看一看天,随口就能说出云句:

> 八月十五云遮月,正月十五雪打灯。
>
> 白云黑云对着跑,这场冰雹不会小。
>
> 早烧连阴晚烧晴,中午烧云雨不停。
>
> 天上花花云,地上晒死人。
>
> 日落乌云涨,半夜听雨响。
>
> 黑云接驾,不阴就下。
>
> 扫帚云,三五日内雨淋淋。
>
> 云下山,地不干。
>
> 疙瘩云,冷临门。
>
> ……

优美如诗。全都是。关键的是常常真的很准。

很多同龄女孩的名字——是的,在我心里,她们还是女孩的模样——都带有"云",在我的记忆里,七八十来个女孩子里,必有一个名"云"。爱云,彩云,秀云,丽云,小云,巧云,而叫"巧云"的这个,大概率生在七月七前后。"七月七,看巧云"。"巧云"七夕前后雨水丰沛,"七月七,眼泪滴",这雨就是织女在抹眼泪。雨由云成,云样便也丰富,谓之"巧云"。看巧云要找一个安静地方,比如躲在树下头,一边看着云,一边在心里想。心里想什么,云就会变成什么。我试过,果然如此。

(原载《光明日报》2023年10月17日 1版)

我爱呼伦贝尔

陈彦（中国作协副主席）

很小的时候，我就听说过呼伦贝尔这个地方，几十年里也从来没间断过对这块土地的叠加想象。那么多歌曲、绘画、摄影、文学作品，都在传递着她的辽阔、碧绿，以及草长莺飞、牛羊成群的气象。当我一脚踏上这块土地时，突然觉得一切艺术再现，都没有完全传递出自己的眼球晶体所摄入的这种不可言喻的浩大、蓬勃、壮美的意象，我的精神世界，迅速被这亦真亦幻的苍茫世界所折服。她的开阔、丰盈、生机、张力都是不可概括描状的。我突然感到自己视角的单调与疲软无力。在写《星空与半棵树》时，我研究过猫头鹰，也研究过苍鹰，它们都是飞翔的艺术家。它们之所以能把飞翔行为发展到顶级艺术的阶段，除了地域提供的浩瀚空间外，根本还是得力于优越的视力。可极目远眺，雄视千里，也可对身下的细枝末节，洞幽察微，并精准地予以打击。那种立体的对整个草原的辨析与认知，才是我此刻最向往的生命视角。

我也去过一些草原，包括阿根廷的潘帕斯草原，但没有产生这种从气象到色彩，再到湖水波光、植被蓝天已浑然一体的仿佛是自带交响乐的立体震撼。说大地是一块完美的翠绿地毯，天空是一幢与地毯无缝衔接的蓝宝石盖顶，都不足以形容天与地的有机性与完整性。置身其间，我每每有一种幻觉，觉得天地是可以随意翻转倾覆的，即使倒扣过来，那翡翠地毯也是可以成为亮丽晴空的。

绿色，是大自然中最清新、静谧、舒适、养眼的颜色，什么豆绿、葱绿、茶绿、墨绿、苹果绿、孔雀绿、橄榄绿、祖母绿等，据说有四十多种，如果在画家的调色盘里，当有更不可穷尽的变化。七月的呼伦贝尔，一眼望去，我起先只看到一种最纯粹的碧绿。可是在不同的光照下，又分明呈现出那么丰富的色谱，甚至在湿地、湖畔、土丘、河岸上的草色，都有着全然不同的浓淡深浅变化。即使是森林绿、苔藓绿、松石绿甚至荧光绿，都能找到切切实实的对应物。光合作用的伟力，在呼伦贝尔大草原上，得到了最完美的呈现。生机盎然，已不足以形容她的灿烂，她不因人来而摇曳多姿，也不因人去而慵懒倦怠。她仪态万方、喜笑盈盈地盛开了一个生命的磅礴季节。这时不由人不想看看太阳，它在一亿五千万公里外，赋予她丰盈与动人。在太阳的视野中，兴许这整块草原都是可以忽略不计的，但在我们眼中，她已然浩瀚得让人敬畏于自然的神性，只想跪着扑到她美丽的怀抱里。

真羡慕牛羊在柔软草地上的自由徜徉，当地人称"溜达牛""溜达羊"，这真是极其美妙的称谓。我总担心如此无边无际的草地，牛羊会溜达丢。当地人似乎没有这种担忧，说每家的牛羊都有自己的溜达范围。当然，这绝不是住惯了城市的我们所理解的"范围"概念——在这里有时是需要放大一百倍，一千倍，甚至一万倍的。看似很近的地方，驱车跑很久才能抵达。而先前瞭望到的遥远草色，似乎还在更加浩茫的地方。牛群和羊群的随意撒落，好像是处于无人经管的状态，但突然你会看见一辆摩托车窜出，绕着那撒得过远的"珍珠"一阵盘旋，就见乱滚的"珍珠"有归拢的趋势。

到了草原不能不说马，它们的确无处不在，但已很少见到马的奔腾之姿。草原上，马也近乎在溜达，在闲庭信步，在明媚的阳光下慵懒静卧。就在它们的脚下，数千年来最令人震撼的敲击地心的声音，便来自它们的四蹄。这种声音每每会留下传之久远的故事，这些故事的核心是战争，是争雄，也是融合与统一。在那如风般轻盈的草地下，每一个文化层都沉积着波澜壮阔的历史景观，是人的野蛮争斗、文明进化，更是马的一路狂奔、慷慨悲歌。人类生存与文明攀升有四种特别重要的外力因素：火、盐、文字、马。而"马力"，至今仍是人类雄心万丈的助推，尽管此马非彼马，但力量仍是以马力来计算的。人类现在已发明出近11万马力的发动机，要把11万匹活蹦乱跳的马，生拉硬拽在一起来奋力，需要多么浩大的场面哪，我想也只能放在呼伦贝尔草原了。

马是人类最可靠的朋友，它神情高贵肃穆，举止优雅沉着，我们与马可以建立起真正的友谊、信赖与无契约的生死共赴。尤其置身呼伦贝尔大草原，面对博物馆里的马骨化石，以及无处不有的马头琴声，我突然感知到一种历史的巨大回响与深沉的纪念仪式。尽管今日的草原之马，运输力已变为一种补充，马甚至只能作马文化节的"万马奔腾"表演，但我仍对这种动物肃然起敬。草原不能没有马，没有马的草原不是草原。我们不能鄙薄它的存在，一如老人失去了膂力也不能成为不被敬重的理由。人类走到今天，马是最根本的推动力之一，它还活着，就是一种图腾。在呼伦贝尔，我看到不少用真马头骨制作的马头琴，我觉得它有一种神性，一听到用它演奏的乐曲，我就止不住要泪流满面，那是一种饱经沧桑的历史行吟。在我心中，马是最伟大的吟游诗人。

丰隆而盛大的草原，让人最惊愕的就是生命力的雄奇磅礴，这时我们不能不对处下处弱的明河暗溪、湖泊水泽，表现出极大的关切。生命存活的要素第一是水。人类对外星生命的寻找，首先也是判断有无水源。而滋养万物的水，被老子做了最本质与哲学的概括，它善行，德被一切，却处下守弱，"利万物而不争"。在堪称伟大的呼伦贝尔草原上，"居善地""事善能""动善时"的水，将老子的亘古思想注释在了宏阔的大地上。弱水总是行走在草的下方，玉成小草茂盛作岸，自己谦卑而温顺地相伴于下，随物赋形。我走过了根河、海拉尔河、额尔古纳河的部分水域，还有随处可见的大小湖泊，只恨不能获得雄鹰的视角，从而收获对老子思想更加丰富的理解。以呼伦湖与贝尔湖的名字共同命名的呼伦贝尔草原，其本身就是一种最伟大的生命哲学妙悟。

　　来到呼伦贝尔，我感觉是与世界上最美好的事物相遇了。从来不喜欢拍照的我，几天竟然拍下数百张风景照，自以为是可以转行干专业摄影了，却被同行者笑得喷饭。一看别人的，才知景色如许，哪一个都可以办个人摄影展。可谁的"精品力作"，也概括、抽象不出草原的丰富肌理与撑破想象力的壮阔画卷。你会觉得你是那么渺小，渺小得无力去表达那种真实。按说艺术创造正是从这里开始，去完成一种超越现实的表达，从而实现属于艺术的真实，但呼伦贝尔自身就是艺术最高境界的一种存在，美得不可摄下，不可绘下，不可写下，艺术也就似乎有了不可抵达的边界。阳光下，你是这块巨型翡翠中的一个微小颗粒；星空下，你是这片皎洁月光里的一丝暗影。在博大与雄浑，丽质与姣好面前，你感到力有不逮。你只能努力融入，切实地接近艺术的水草、牛羊、马匹与人，只有这样才能感受到你也是艺术化境的一部分，是万物齐一与天人同构的既艺术又现实的风景。那几天，我时时在嘴里嗫嚅："老天真是恩赐，还有比这里更美好的存在吗？"我没有为任何一片风景如此迷醉过，但在这里，我醉倒了。呼伦贝尔，我真的很爱你！

（原载《光明日报》2023年10月23日 1版）

深山蓝花

汤素兰（湖南省作协主席）

在贵州丹寨建设南路，有一栋四层高的房子。在小县城里，这样的房子样式很普通，但你一眼就能将它和其他房子区别开来。因为它的墙面涂成了蓝色，上面画着白色的花鸟鱼虫，这些图案栩栩如生，形态各异，透着天真和率性。这是一家蜡染工作坊，三十多位苗家妇女在这里用蜡刀作画，也画出了她们多彩的人生故事。

今年夏天，我带学生到贵州采风，偶然遇见了这个蜡染工作坊。我像所有普通游客一样参观，体验以蜡刀点蜡作画，画了一小幅自己的处女作，然后挥手告别。然而离开之后，蜡染工作坊里那些埋头用蜡刀在白色的棉麻、丝绸上信手作画的画娘们的身影，总是浮现在我眼前。记得那天在工作坊里，我见到一位失去右臂、用左手作画的上了年纪的画娘；有一个年轻的妈妈，不到一岁的孩子就睡在她身边的摇窝里；在苗族长桌宴上，全体画娘用清亮的嗓音唱起苗歌，举起酒杯向我们敬酒，当时还有一个英俊的青年男子，歌声尤为嘹亮；蜡染工作坊的墙上挂着一块小黑板，上面用白色的粉笔写着《蓝莲花》的歌词："没有什么能够阻挡，你对自由的向往……"我购买的蜡染纪念品，每一件都附有一张画娘的生活照，照片上写着："一群人，一件事，一辈子。"

我怎么也忘不了这个蜡染工作坊，忘不了她们的歌声和笑容，我想走近她们，了解她们的故事。于是，一个月后，我又一次来到这栋画满花鸟虫鱼图案的房子，来聆听她们的故事。

2008年全球爆发金融危机，一个名叫曼丽的安徽女子的纺织厂濒临破产。为了散心，也为了给自己的棉麻坯布寻找出路，她拖着一旅行箱的坯布，走走停停，来到了贵州凯里。当时，凯里正在举办民间工艺品比赛，许多苗家妇女带着自己的蜡染作品在市场上展示。蜡染是苗家妇女的传统技艺，用蜡刀点蜡在白色坯布上作画，然后用蓝靛染色，继而脱蜡，便成蜡染花布。苗家妇女大多从小就跟自己的母亲、祖母、外祖母学习蜡染与蜡画，所有的图案都牢记于心，拿起蜡刀信手就能作画。这个女子被这门技艺深深地吸引了。蜡染必须画在棉麻等织品上，她想到，如果把自己库存的那些棉麻坯布都变成蜡染，至少能将"废物"利用起来。

她在市场上找到十二个苗家妇女，拿出旅行箱中的白坯布请她们制成蜡染。她们每人得到一匹坯布，以及预付的路费和工钱，回到山中的寨子里，约定十天后把蜡染送到凯里。彼此素不相识，这些苗家女人们住在哪个山寨，曼丽一无所知。她在旅馆里等着，并不抱什么希望。然而，一个星期后，所有女人都回来了，带着印染好的坯布。

接过这一匹匹印染好的坯布时，曼丽还没有想好自己能用来做什么，但深山里女人们的纯朴令她感动。她打听到丹寨县扬武镇排莫村的蜡染最出名，那里的女人个个都会做蜡染。于是，她来到丹寨。当时，从凯里到丹寨县城，客车要在山间穿行三个多小时；从县城到排莫，连公路都没有。曼丽早上从县城出发，边走边打听，直到黄昏时分才到达排莫村。

苗家女人热情好客，但被问及是否愿意到外面去做蜡染的时候，没有一个人答应。她们说，蜡染是妈妈教的手艺，现在机器染出来的布，红的蓝的黄的，什么颜色都有，谁还会喜欢蜡染呢？如果不是为了准备嫁妆，连寨子里的女人们都不做蜡染了。

其实，早在2006年，丹寨蜡染就被列入首批国家级非物质文化遗产名录。这些美丽的深山蓝花，只是暂时还不为人们所知晓，它们的价值一旦被大众和市场发现，这些蓝花将开遍世界。

曼丽在县城租了一栋闲置的房子，筹备蜡染工作坊。她再次来到排莫村，在她挨家挨户地劝说时，看到了一个独臂女人眼中闪烁的光。她叫而朗，原是寨子里最会画蜡的女子，然而一次在山上种地时遇到泥石流,她被倒下的大树压断了右臂,因为当时交通不便,错过了最佳救治时间,最终失去了右臂。这个从没有走出过大山的苗家女人,平时买个针头线脑都要向丈夫要钱,并且得让丈夫在赶集时代为购买。她的内心充满了渴望,她希望自己是一个有用的人,希望通过自己的努力让孩子过上更美好的生活。

而朗最终愿意走出寨子,寨子里的另外两个女子也决定去试试。就这样,蜡染工作坊开始运作了。

第一个月结束,每个画娘得到了600元工资。接过工资,画娘们背着包袱回到寨子,几天后又带来了另外三个画娘。正是这六位画娘,让蜡染坊得以起航,她们也因为蜡染坊而改变了自己的人生。

第一批画娘中的阿罗,用自己挣的钱供两个孩子上了大学,现在儿女都工作了。乃金是画娘中第一个买手机的,后来在县城建了自己的房子,供养女儿读大学。她还去过很多城市参加蜡染展览,在多所大学兼职当老师。独臂画娘而朗,曾获省里第一届残疾人技能大赛蜡染类一等奖。她的坚毅感染了儿子,儿子留学回国后在北京一所学院担任蜡染老师,每逢寒暑假,都会回到丹寨。他就是那个在一众画娘中歌声嘹亮的青年男子。

十多年来,这个蜡染坊经历了许多艰难曲折。它像一艘船,绕过暗礁险滩,如今正驶向星辰大海。"一群人,一件事,一辈子"是她们的座右铭。如今，更多年轻人加入了她们的行列。画娘们创作的《百苗图》《千鸟图》《二十四节气》《锦绣丹寨》等作品，被中国国家博物馆、中国民族博物馆等博物馆永久珍藏。由这个团队设计制作的36套蜡染服饰以中国非遗专场的形式亮相伦敦时装周，中国民间艺术在国际舞台上灿烂绽放。

看着在年轻画娘身边的摇窝里酣睡的孩子，我感慨万千。许多画娘的孩子是在蜡染工作坊里长大的，从小在古老的艺术中耳濡目染。将来，他们会走向外面的世界，其中又有许多人会回到这里，用他们的智慧进一步发掘这些深山蓝花的价值，为传统的技艺插上现代的翅膀，让文化遗产代代相传。

（原载《光明日报》2023年10月30日 1版）

城中草原畅想

梁衡(人民日报社原副总编辑)

物以稀为贵,景以奇为绝。想不到一个平常的日子,我在内蒙古包头市遇到了一个极不平常的奇绝之景。

包头因为在新中国成立初期建成包钢而号称"钢城",一个有着近300万人口的重工业城市,居然在市中心留有一块10680亩的原始草原。请注意,是城中间的一块草原。我估计这在全国再也找不到第二个了,就是在全世界恐怕也是罕见的奇观。凡物之反差都可能产生奇幻之美。当年我听说德国柏林的城中有一大片森林,不敢相信。当飞机落地,乘车进入市区后,真的是在森林中穿行。这是冰冷的水泥与绿色生命的反差。贵州是典型的喀斯特地貌,存不住半点雨水,被称为"石漠化"。但是,当地人说在普定县有一个万亩大草原,我不敢相信。我驱车从县城出发,绕过一座座灰色的寸草不生的喀斯特地貌山体,当盘上海拔1600米的猴场乡时,我惊呆了,眼前出现了一望无际的大草原,草深齐腰,绿浪翻滚。他们骄傲地称之为"云中草原"。这是死亡之石灰岩与生命之绿草的反差。如果不是偶然的相遇,到哪里去寻找这种让人惊异的美呢?

凡奇迹的形成总有偶然因素。贵州的喀斯特草原是大自然的偶然,那里山高人稀,没有人为的破坏。长年累月,大风吹尘为土,飞鸟落籽生草,渐成草原。而包头的城中草原则是人为的偶然。新中国成立之初,请苏联专家为我们设计这座城市,不知出于什么考虑,三个城区遥相呼应却互不相连,中间空出了一片茫茫的荒原,这让当年的人们工作生活很不方便。但后来随着人口的增加,环境的恶化,这些荒地倒成了舒缓城市危机的清凉剂。感谢历任的地方官员心有定力,思有远见,没有见财起意,去卖地求富,也没有好大喜功,去贪阔求洋。他们抓住当年偶然留下的这个"尾巴",顺应时势巧发展,锲而不舍地做文章。俗话说"天上掉馅饼",若非天意,怎么会有这一万亩肥嫩的草地"掉"在这一堆钢铁厂、水泥楼和嘈杂的人群中间呢?他们敬畏这个上天的赐予,以对社会和自然规律的尊重,看懂了这块草原的价值,冷静地维护着她的尊严。这期间有各种冲击和诱惑,但任凭东西南北风,这些西北汉子敞开身上的老羊皮袄把这一片软软的草原搂在怀里。这是一块卞和之玉啊,既不敢切割,更不能轻抛,耐心等待,总会有一天大放异彩。这是一场马拉松式的保卫战。暗中角力,目标不变,一步一步连续奋斗了40年。1985年、

1994年,市政府两次通过决议保留绿地,到2014年更是上升到地方人大立法,正式提出"城中草原"这个新概念,并通过保护条例。

恩格斯曾警告人类:"我们不要过分陶醉于我们对自然界的胜利。对于每一次这样的胜利,自然界都报复了我们。"今天在包头,我们则看到:当我们恭敬地向自然作出让步时,大自然就慷慨地回赠了我们一万亩草原!在寸土寸金的市区,在机声隆隆的"钢城",这是难以形容的无价之宝。

站在观景台上,我遥望这万亩草原:一汪绿海,风过草面,层层起浪;杂花生树,水流潺潺。而绿海之岸则是鳞次栉比的楼房。住户推开窗户或步入阳台就可以看到茫茫的草原,那是在呼伦贝尔、锡林郭勒,或者在新疆的天山牧场才能看到的宏阔场景啊!陈毅曾说:"愿做桂林人,不愿做神仙。"今我借其言:"愿做包头人,不愿做神仙。"如今,每逢节假日,许多地方人头攒动,人们都不知道该前往何处。现在我要大声地告诉朋友们:来这里吧,这里有一块净土,有一片城中草原,一块离城市、离铁路干线最近的诗意的远方。

但爱之愈深,求之愈严。现在的人们已不是50年前的人们,现在的草原也不是50年前的草原。旅游、观赏、休闲、放飞心情的意义早已大过放马、牧羊。这块卞和之玉还有待细细加工雕琢。草种尚需改良,要有齐腰之深,风吹草低见牛羊;水系尚待完善,要湿地见水,旱地见干;要引来几匹"汗血宝马","鬃红风吹火,蹄轻翻细尘";要有羊群,引进澳洲良种,像草地滚过雪白的毛团;还要有野生动物,草原兔、草原狐、梅花鹿;要有白色的蒙古包、淡淡的炊烟和反复播放的牧歌、蒙古长调;要有半个世纪前的美景,"晨风吹动着草浪,羊儿低吻着草香"。这么说着我自己倒先醉了,那时我正在这一带工作,初入社会,生活虽苦,却是一个活在美丽风光中的神仙。当然还要现代一些、人性化一些。草原上可以星星点点地布置一些穹庐式的不许使用明火的酒吧、奶茶店、多功能厅。要修上木栈道,不得直接践踏草场。我们不是常羡慕人家维也纳的森林音乐会吗?也请外国人来这里欣赏草原音乐会,让蒙古长调带着草香飘上夜空,飞到天外。如逢节日之夜,环草海之岸的城市阳台上都亮起蜡烛,万人合唱一首《天边》,那是怎样的浪漫?我在羊城广州的五羊公园里造访过花城杂志社竹影摇曳的茶室,居然有外国领事馆去预约,举办洽谈会、生日宴。可见景虽天成,却也事在人为。包头向称"鹿城","包头"是蒙古语"包克图"的谐音,意为"有鹿的地方"。我向主人自告奋勇南北牵线,到时南有羊城,北有鹿城,南北呼应,其乐融融。主人答:"诚美好之愿景,留得草原在,不怕事不成!"

那天,主客在城中草原边流连了一个多小时,直到月出于"钢城"之上,徘徊于草海之边,夜色中草海成了一座美丽的港湾，早分不清是天上还是地上，是星光还是灯光。我突然想起那首经典老歌《草原夜色美》，更何况这是身处城中、被百万人所环绕的夜色中的草原！我依依不舍地离开她，如曹植之告别洛神，"足往神留"。

回到住地仍不能释怀，又在灯下涂了一首小诗：

从来城市满为患，车马往来闹声喧。
忽有草原城中降，绿浪涌过人心宽。

（原载《光明日报》2023年11月6日 1版）

边地的文庙

范稳(云南省作协主席)

从昆明往南行,云南高原的山势日趋平缓,平坝在群山之间一个接一个,云南人俗称"坝子"。有的一眼望不到边,有的像聚宝盆,阡陌纵横,村舍毗邻。坝子上一般都有山上下来的大小溪流,或相拥成河,或汇聚为湖。打眼一望,也颇有些江南水乡的韵致。春天杨柳依依,百花争妍;夏日莲动荷娴,渔舟唱晚;秋时稻田金黄,十里稻香;冬季依然绿意葱茏,阳光灿烂。高原上平地珍贵,小一些的坝子,人们不舍得占用耕地,总把村庄谦卑地建在紧邻坝子的山坡上,年复一年地守望着祖先留下的庄稼地。十平方公里以上的坝子,一般都有一座玲珑的县城了。通衢大道穿城而过,新建的高楼对接祥云。高原上云团很低,仿佛随时伸手可摘。有种说法,"石为云根",那云好像不是天上飘来的,而是山里长出来的。

彩云深处,滇南古城建水,像一个高原上的隐士,数百年来静观身前沧桑演变、人情冷暖。这座南高原坝子上的小城古称"临安府",至今还保留自明代以降的衙署和文庙。云南是个多民族省份,滇南一带聚居着哈尼族、彝族等少数民族群众,这里浓郁的少数民族风情自不必说。然而在这边徼之地,还有深厚的儒家文化积淀,有目前中国保存最为完好的文庙之一——建水文庙,仿佛在五彩斑斓的民族百花园里,留下了庄重而深远的一笔。

对一个中国人而言,文庙是一门功课,就像儒学是一门大学问一样。文庙是读书人心目中的圣殿,是诗书礼乐教化之地,传承着中华民族千年的精神文化积淀。我相信在过去,从京畿重地到省府州县,人们都可听到从文庙传来的厚重古老的钟声和抑扬顿挫的读书声。

元代以前,云南与中原文化关联较少。元至元二十二年(1285年),宣抚使张立道创庙学于建水,将儒学的种子播撒在西南边陲。中国古代的文庙,庙祠与学校相结合,一庙一学,其布局一般是左庙右学。建水后来把州学和元江府学也设在文庙内,形成一庙三学的壮观格局。黉宫重地,斯文在兹。在祭祀圣人的地方施教育人,天下没有比这更好的读书之地。

文庙起,庙学兴,孔孟之学、诗词歌赋逐渐在建水这片土地上产生影响。我们现在已经难以想象第一批学子的模样,无从知晓他们是不是从《三字经》《百家姓》《千字文》《千家诗》读起,再读到《大学》《中庸》《孟子》《论语》《诗经》《礼记》……文化要靠时间来积淀，文脉需要一代代人去赓续。筚路蓝缕，以启山林。明代实行屯田政策，入滇屯田戍边的将士在此安家。祖先卸下征衣的地方，就是后辈的家园。当人们认同了这片土地，并为它所滋养时，家就是一个内涵与外延都不断扩充的概念，一个又一个家庭，"此心安处是吾乡"。有意思的是，许多在云南的汉姓人家，说着一口道地的云南话，可若论及祖籍，大多会说自己老家在南京应天府柳树湾。据史家考证，柳树湾是当时应天府戍边将士的集散地。他们从那里出发远赴边地，柳树湾就成了他们的共同记忆，成为祖籍的代称。六百多年来对祖籍地的认同坚守，源于他们受同一种文化的滋养和熏陶。恰如在建水古城，因为有文庙存在，这种文化认同感就显得尤为强烈。

明以后，建水庙学升格为府学。明永乐九年（1411年），临安府设立庙学126年后，边徼之地终于诞生了两个举人，明正统七年（1442年），又考出了第一个进士。数百年苦心经营，诗书教化，临安府人文炽盛。明天启年间的《滇志》记载：建水"士秀而文，崇尚气节，民专稼穑，衣冠礼度与中州埒，号诗书郡"。《临安府志》也不无自信地称："俗喜尚学，士子讲习惟勤，人才蔚起，科第盛于诸郡。"明清两朝，临安府共出文进士两百余名。每当云南乡试张榜时，临安籍的学子几乎会占一半，因此又有"临半榜"之美誉。临安府的学子也为家乡赢来"滇南邹鲁""文献名邦"的雅号。我在一篇文献中看到，明、清两代，临安府的作家、诗人人数高居全省前三。那时的临安可以说人杰地灵、群英荟萃，临安文人独步云南文坛。

这一切有赖于建水文庙数百年来的巍然屹立。它是中原文化行得最远的文明驿站。披阅建水地方史料，不能不佩服历朝历代的地方官员对文教之重视，对文庙之呵护。建水文庙历经元、明、清、民国，再延续至今，经受了大小数十次的地震、兵燹、火灾、盗抢等劫难。数百年来，先贤们在兵荒马乱中为存续文脉，建了毁，毁了建。雕琢庙堂圣殿，擘画人文渊薮，前赴后继，凡五十余次。千年文庙，百年大计。前任建庙宇，后任建牌坊；你疏浚了泮池，我修建一座杏坛。文庙里专门辟有名宦祠和乡贤祠，那些颇有政声、清廉勤勉的官员，造福乡梓的本乡士绅，都会被供奉入两祠，以供后人瞻仰。在名宦祠，因倡修、捐修文庙而被视为楷模的官员最多。历代捐资修葺文庙的人中，有知府、同知、知州、通判、知县、士子、绅耆、商人，以及在外做官经商的乡贤、本地的升斗小民。建水人对文化的崇尚和坚守，对文明的向往和追求，可见一斑。文庙在时间的流逝中不断壮大，形成包含殿、堂、阁、亭、祠、池、坊、门、圃、坛、庑等37个建筑的群落，各建筑无不精雕细琢，刻雕藻绘，金碧辉煌，可谓狮蹲象踞，堆琼砌瑶。其文明气象，袅袅书香，几可比肩东鲁弦歌盛地。

盛世修志，建水文庙就是一部矗立在滇南大地上的"志"。我们今天所看到的文庙，经过当地政府不断修葺完善，精心保护，其现存规模、建筑水平和保存完好程度，据称仅次于山东曲阜孔庙和北京孔庙。到建水的外地人，看到巍峨清雅、肃穆庄严的建水文庙，便不能不对这片土地肃然起敬。对文化的敬畏总是发自内心深处，人们也总是在灵魂被震慑的一瞬间修正了偏见、短视、误读和漠视。建水文庙是云南人的骄傲，是云南一张响当当的文化名片，更是中华民族共同体意识在边地的完美体现，向世界展示了边地人们的文化认同和国家认同。建水文庙就像一首宏大叙事的历史长诗，内容丰沛，古音悠扬，情真意切，韵味深长。

（原载《光明日报》2023年11月13日 1版）

读不尽的大运河

裘山山（原成都军区创作室主任）

大运河是一本很厚的书，厚到可以用上一个词——"卷帙浩繁"。成千上万的人是这本书的作者，他们用智慧和汗水写了两千五百年。它的读者更是数不胜数，亿万人经年累月地读，也没读完。

我这里说的是京杭大运河。很幸运，我在童年时就遇见了这本书。

我读的第一页是拱宸桥。小时候有一段时间，我就住在杭州拱宸桥旁的姨妈家。桥边傍河处，有个菜市场，早上五点就开市了，那是湿漉漉的一条人河。我有时起得早，就跟姨妈去买菜。瞌睡懵懂地走到那儿，瞬间就被青菜和鱼虾的气息唤醒了。去的时候竹篮是空的，我拎，回来的时候装满了东西，姨妈拎。有时候姨妈会给我买个糯米油条解馋，热乎乎、软糯糯的，非常好吃。河面上船很多，清晨时它们停在那里不动，好像还没醒。那时候只知道拱宸桥是故乡的桥,很亲切。

后来,生活又为我翻开了第二页。我们搬迁到石家庄,又住在运河边,河上也有一座桥,就叫运河桥。从江南来到华北平原,我感觉这是另一个世界,但妈妈指着运河说,这条河是和杭州连着的。我很诧异,一条河竟然这么长?我们坐火车来都坐了三天。桥头有一家副食品商店,那时候叫服务社,是我常年打酱油的地方。是真的打酱油,一毛八一斤。桥很宽,桥下却没有船。或许是因为北方水少,河道不深,已经不通航了。但河堤是我们的乐园,我们爬到树上摘槐花,摘榆钱,折下柳枝做口哨。有时候也在树下找蟋蟀,找知了蛹。河堤就是我们的百草园,我就是运河的孩子。

后来我们再次搬迁,终于远离了运河,来到嘉陵江畔。一晃我高中毕业当了兵。探亲回杭州时,听见公交车售票员说"拱宸桥到了",立即觉得到家了。那桥还在等我,桥下的河也在等我,无声无息的。

杭州是个水系发达的城市,江(钱塘江)河(运河)湖(西湖)海(杭州湾),加上湿地(西溪),样样齐全。这些年,每每回杭州看父母,我总会和朋友们一起去看水——去西湖,去西溪,去钱塘江。但看得最多的,还是运河。我们乘坐运河巴士,从武林门码头上船,到拱宸桥下船。也曾徒步,从武林门走到拱宸桥。河的两岸已然成了一片片花园,还有无数的博物馆。

反反复复地走,我才对运河有了些许了解,算是读了这本书的第三页。

运河上的桥,仿佛是运河之书的插图。运河上到底有多少座桥,我没去查过。我只知道在杭州段,有卖鱼桥、大关桥、江涨桥等。其中,拱宸桥名气最大。从它的名字来看,"拱"是拱手的意思,"宸"是皇上就寝的地方,以此二字表达对帝王的恭敬。它是一座三孔石桥,很高,尤其中间那一孔,高达16米,宽也有16米。显然是考虑到皇上的船大,矮了窄了都不行。但皇上始终没从桥下经过,而桥更是命运多舛。拱宸桥始建于明末,几经垮塌、重建,新中国成立后,人民政府禁止机动车从桥上通行,尽全力保护,总算没再垮塌。2005年,拱宸桥进行了一次大修固,如今它已成为大运河的标志性建筑,出镜率很高。

不过,当我来到塘栖古镇,站在广济桥头时,不知为何,觉得广济桥更可爱。不仅仅是因为它建造的时间更久远,也不仅仅因为它是运河上唯一的一座七孔石桥,还因为,它是为老百姓修建的。据说当年这里的河面上只有一座简易桥,常有老人孩童跌落河中。明弘治二年,一位叫陈守清的僧人,四处募捐,历时九年建成这座桥。其目的不在"拱宸",而在"广济"。有了广济桥,塘栖百姓不再受过河的困扰。塘栖人爱它,亲切地称它为塘栖的龙鼻。

我站在河边眺望,广济桥果然高峻挺拔。阳光下,人来人往，十分安详。忽然就想到了父亲。父亲是铁道兵工程师，一辈子修路架桥，也曾和战友们在朝鲜战场上，冒着生命危险，日夜抢修桥梁。他若看到在和平的日子里，暖暖的阳光下，百姓们络绎不绝地从桥上走过，一定会觉得这才是桥梁该有的样子。

我很高兴自己读到了大运河这本书新的一页。我以为只要一页一页读下去，总是可以读完这本大书的。

但是在临平，我突然发现运河是一本读不完的书，因为它一直在被续写，在增加新的篇章。

临平是名副其实的江南水乡。它的西面、北面是京杭大运河；中间流淌的上塘河，即隋唐古运河；南部地表及地下，则横卧着曾经的"捍海长城"——钱塘江古海塘；如今，它的东边又开掘出了运河二通道。

作为世界文化遗产的京杭大运河，是世界上最长、规模最大、历史最悠久的人工运河，也是唯一贯穿我国南北的水运主通道，是先人毅力、智慧与科技的集大成之作。但随着经济的高速发展，大吨位的船只越来越多，老运河的水运设施，如航道、船闸等，已难以满足通航的需求。而由于地理位置、文物保护等因素，也无法对这些设施进行改善。

在这种情形下，建设者们勇于挑战，于2017年起开工建设运河二通道，2023年7月正式通航。这条运河二通道全长26.4公里，是从临平的土地上凿出来的，成为京杭大运河与钱塘江"握手"

的又一通道。一艘艘庞大的千吨级船舶，满载着煤炭、粮食、油品、钢材、矿建材料等大宗物资顺水前行，将杭州内河的运力，直接提高了40%。

大运河之书更厚重了。

我们来到这条崭新的运河边。阳光下的新运河如古运河一样碧波荡漾，宽阔而平静，很难想象这里曾经是平坦的大地。然而它又是一条全新的、非同凡响的河。

新运河的新，新在它的河道穿越了两条地铁、两条铁路、三条高速公路及其他百余条道路和管线；新在它有23座极富现代美感的跨河大桥，从而确保运河通航后不会对两岸居民造成阻隔；新在它有一座23米宽的双线船闸，足以让千吨级货轮驶过。

它还新在水面上纵有千吨级货轮驶过，水面下的万条鱼儿仍在繁衍生息。为了不让噪音影响鱼儿生长，建设者们在河道两壁打了许多圆筒仓式的小孔，供鱼儿在大船通过时有个地方躲清静。

说到底，新运河新在高科技，它汇集了建筑信息模型、数字孪生、大数据分析等现代技术。高科技不仅拓展了古运河的功能，更赋予了运河"生态环保""智慧化""数字化"等新特点。建设者们用智慧和双手，赋予了运河全新的面貌。

大运河之书，一本读不尽的书。我愿意成为它永远的读者。

(原载《光明日报》2023年11月20日 1版)

"耀我"之光

李骏虎（山西省作协主席）

我第一次看到太阳雨，约莫是八九岁的时候，那种被自然之大美撼动心魄的体验，与多年后在海上看到晚霞中翱翔的海鸥时相仿。

那天，隔壁奶奶来我家串门，跟我奶奶正在堂屋里闲说话，外面的天空慢慢地上了云，落下一阵急雨。不大会儿雨声小了些，奶奶担心我在昏暗的光线中看书看坏眼睛，就抱怨了一句："这娃不听话，说了也不听！"隔壁奶奶就支使我说："娃啊，你给奶奶出去看看'耀我'出来没有？这雨下得把人急躁的，一会儿后晌还要到'姑姑庙'上去看戏！你奶奶脚小走不了远路，奶奶带你去。"

在我的家乡，祖祖辈辈都把太阳叫"耀我"，很长的岁月里，我一直以为这是"照耀着我"的简称，觉得家乡人民还挺诗意。后来才明白这两个字里居然包含着中华民族五千年的文明史。

我自小爱看戏,听到这话立马放下书。当我掀开门帘子来到屋外,看到院子里的景象就呆住了。我家院子很大,远处猪圈边是棵一搂粗的大椿树,屋前的两棵梧桐树遮天蔽日。此时正是农历四月末,再有个把月就可以开镰收麦了,布谷鸟和斑鸠在树冠顶端的茂密叶丛中扑扇着翅膀上的雨珠,偶尔发出各自的鸣叫;家鸽早就回到屋檐下天窗里的窝中舒服地"咕噜咕噜"着,麻雀们傻呆呆地瑟缩在树枝上任凭雨线抽打。让我发呆的不是这些景象,这些都是我司空见惯的,震慑住我心魄的是笼罩着这一切的"耀我"之光——清新灿烂的阳光照耀着院子里的树木和生灵,它从遮盖着院子的各种树木的叶隙间投射下来,像一道道金色的箭矢射进泛着七彩水泡的水洼里,在无数金色的光束中,急雨如珍珠编织的珠帘展开在亮堂堂的院子里,如梦如幻。

这是我第一次看到太阳雨,一时如同木雕泥塑。过了一会儿才缓过神来,大叫一声便狂喜地冲进了金色的雨中,如同进入了一个奇幻的梦境,我大声欢呼着,在院子里的树木和水洼间奔跑,体会着内心中审美觉醒时的疯狂。

急雨把村庄冲洗得分外干净清爽,来得快去得也快,雨水没来得及使村庄的道路变得泥泞,就一路猛冲向着村西的小河奔涌而去。黄昏到来之前,早早吃过晚饭的人们夹着板凳,扛着杌子,提着马扎子,络绎穿过村西的田野,在黑青色的麦田中说笑着走向古老幽深的河谷,多数是老婆婆、老汉汉带着娃娃们,有我这样的半大小子，也有要背着去的小娃娃，家里有驴的就在驴背上驮一排孩子，牵着仿佛跛腿般的瘦驴一颠一颠朝前走。明明人欢马叫、孩子哭闹大人呵斥很是热闹，在霞光中的旷野上却有着一种莫名的肃穆庄严。

历时近两个月的"姑姑庙"庙会已经接近尾声，却一天比一天热闹，大车和拖拉机多到得在很远的地方就停下来，坐车的人们下来跟我们一起走路去庙会。乡间的庙会也是贸易大会，大到卖骡马牛驴、水缸粮食瓮的，小到吹糖人、卖针头线脑的，帐篷摊点鳞次栉比、热闹非常，人们摩肩接踵如同嗡嗡闹闹的蜂房。隔壁奶奶紧紧地拽着我瘦筋筋的胳膊，生怕我挤丢了。她不爱逛集市，一心想着快点挤到庙里的戏台下，不能误了开场大戏。

好容易来到那座高大巍峨的门楼下，上面挂着一块匾额，我以为写的是"姑姑庙"，在被隔壁奶奶拉拽着挤进去的瞬间仰头看了一眼，写的却是"唐尧故园"。园中人更多更吵，我个子小，几乎四面都是人墙，然而隔壁奶奶听到人们嚷嚷："戏要开演了！"她便奋起神勇拉着我从人缝里奇迹般地来到了戏台下，就势把我往上一托，说："娃娃家上戏台去没人管你！"我就攀上了戏台边沿，那里已经有好几个跟我差不多大的"猴娃子"了。我们坐在大幕的外面扮鬼脸，可谁也不敢钻进幕布底下去瞅里面的光景。隔壁奶奶刚在前几排挤出一个空档放下马扎子坐好，戏台上的电铃就响了，声浪低下去一些。这是预备铃，声音低而柔和，却是人们翘首以盼的。几分钟后，一阵更为高亢激越的电铃声响过，戏台下的人山人海顿时鸦雀无声，连那些卖冰棍和瓜子的小贩也不敢出声了。大幕在或急或缓的唢呐二胡旋律中缓缓拉开，只见被花布套着的一张桌子两把椅子出现在戏台中央。角儿还没有出来，台下观众就抢着报出戏名了。

在我们晋南乡村，人们最爱看的是蒲剧和"眉户儿"，庙会上剧目不是很多，最受欢迎的是《杀狗劝妻》《三对面》《杨排风》《穆桂英招亲》，轮番上演，人们还是百看不厌。也会有角儿来，引起老百姓的阵阵欢呼，比如蒲剧名家任跟心的保留曲目《挂画》老百姓最爱看。任老师那时候还很年轻，一身丫鬟装扮，轻盈地跳上细细的圈椅背，穿着镶有小毛球的绣花鞋的双脚跳来跳去，动作俏皮，优美流畅。台下的人们为她捏一把汗，心里惊叹着却大气也不敢出，生怕她摔下来，然而艺高人胆大，她总是能有惊无险地完成表演。人们喜爱任跟心，几乎家家都挂着她的剧照年画。我最爱看的是武生戏，之前看的是热闹，可就在看完太阳雨的那天晚上，我趴在戏台边沿上，看着那个武生甩掉头上的缨盔，双腿跪地一边甩着马尾长发，一边悲怆地唱着心中的懊悔，我忽然间看到他的脸在灯光下闪着光，仔细一看是满脸的泪水。我心想唱个戏他怎么真的就哭了？一摸自己的脸，竟然也是满脸的泪水。就在那一天里，我在太阳雨中完成了审美的觉醒，在戏台上武生的泪水里感悟到了艺术与人生的真谛。

庙会上演的戏当然首先是娱神的,所以戏台的台口冲着大殿,很多年里我一直以为戏台对面的大殿上挂的匾额是"姑姑殿",直到参加工作后作为县报的记者去庙会上采访,才赫然发现大殿匾额上写的是"娥皇女英殿"。翻阅史料,才明白这看似乡野民俗的庙会居然是上古历史文明的传承——我的家乡山西洪洞县甘亭镇相传是尧帝故里,自古这里的人们就把尧王称作"爷爷",把尧王的两个女儿娥皇和女英称为"姑姑"。相传当年,帝尧老年访贤时在历山遇到舜,为了考验他"以观其内",就把一双女儿嫁给他。每年农历三月三,我家乡的人们都会抬轿穿越20多个村庄去往汾河西边的历山,把两位"姑姑"接回来,住到四月二十八,历山那边的人们又会抬轿来到唐尧故园,把他们的"娘娘"接回去,这期间人们就会在唐尧故园举行近两个月的"姑姑庙"庙会。这个"接姑姑、送娘娘"民俗活动,历经千百年而从未中断,以活标本的形式佐证了中华文明的连续性,每年都会有十万上下民众参与,沿途村庄的群众焚香遮道、高接远送。2008年,洪洞走亲习俗被列入第二批国家级非物质文化遗产名录。

我请教乡间学者方才知道,"耀我",其实就是家乡土语"尧王"的发音,人们把尧王的功德视为太阳,正如《史记·五帝本纪》所载:"其仁如天,其知如神,就之如日,望之如云。"

(原载《光明日报》2023年11月27日 1版)

渔客芦花

老藤（辽宁省作协主席）

如果说世界上有永不凋谢的花，那么非芦花莫属。古人之所以折芦花以赠远，除却表达思念外，还因为芦花即使被折下也不会凋零，这是古人对友谊长存这一愿景的最好寄托。

在创作以东北大地百年历史为背景的长篇小说《刀兵过》时，我曾专程到辽河口采访。辽河口湿地有世界上最大的芦苇荡，旧有"南大荒"之称。那里苇绿滩红，美景美食俱佳，尤其以盛产优质大米与河蟹著称。我是冬月去的，彼时的辽河口平原天高地远，海风凛冽，孤独地行走在大海与苇甸之间的公路上，仿佛正奔赴一个远方之外的远方，心中寂寥而又冲动。那次采风，苇甸上一望无际的芦花让我感到震撼，我觉得那层层芦花穿过春夏，在寒风中摇曳，挥手，是为了等待有缘人。我曾慨叹杜鹃花满山燎原的烂漫，也曾迷恋十里荷花三秋桂子的诗意，但与冬天辽河口的芦花相比，它们就显得有些局促了。怎么去形容呢？如果说杜鹃花、荷花、桂花是池塘、湖泊，那么这里的芦花则是蔚为壮观的大海；如果说其他花卉是老哈河、太子河、大凌河，那么这里的芦花就是气势磅礴的黄河。芦花的神奇在于能催生幻觉——当你出神地凝望广袤的芦花海时，会有一种心窗洞开的感觉，你仿佛化身为苇地的一只鸥鸟，在没有羁绊的天空中自由飞翔。

芦花是有性格的，桀骜中透出一分高雅。刚刚下过一场雪，芦苇根部落满厚厚的雪。雪可以裹住芦叶、冻住芦根，却奈何不了芦花。没有一枝芦花被积雪压折，因为芦花白色的柔毛像天鹅绒，雪花和雨水无法沾身。雪只能成为芦花的陪衬。在苇甸边缘一片开阔的雪地上，三株茁壮的芦苇呈品字形立着，似乎在向我招手。我想，我应该把它们带回去，于是走过去折下这三株芦花。我把它们插在一个红酒瓶里，置于书桌的一角。三株芦花像三支棉花糖，蓬松肥硕，看上去既甜蜜又养眼。写作有了倦意时，斟一杯红茶，欣赏一番芦花，顿时觉得放松不少，仿佛又置身于辽河口那片广袤的芦苇荡，创作灵感会浪花般涌来。八年过去了，三株芦花依然是当年的模样，姿态、颜色都没有改变，总是用洁白的笑靥望着我。灰尘几乎无所不在，然而它们未被浮尘所染，只是边边角角有了少许的淡黄，这淡黄如同鸡雏的绒羽，像和田玉籽料的皮子，越发衬出了芦花的雪白。我想，灰尘不侵芦花，是不是被芦花的暖意所感动了？

说到芦花的暖意，我不由得想起了"渔客"一词。"渔客"是两种古老职业的结合，即渔雁和苇客。这两种职业都与芦花有关。在一代又一代渔雁和苇客的心里，芦花是常开不谢的生活之花和希望之花。

所谓"渔雁"，是辽河口特殊的打鱼人群体。他们大多来自河北、胶东一带，如同候鸟一样，随季节变化，顺着水陆边缘迁徙，在辽河入海口的滩涂及浅海打鱼捕虾。他们选择的是一种流动的渔猎方式，当地百姓称其为"古渔雁"。渔雁文化有"民俗活化石"之称，对研究古人迁徙规律、渔民始祖崇拜、当地居民生产方式、民风民俗等有很高的参考价值。一代又一代关于渔雁的故事在茫茫苇甸里发酵，使"蒹葭苍苍，白露为霜。所谓伊人，在水一方"，成了永不谢幕的实景演出。

在辽河口二界沟，我遇到了渔雁的后裔。这是一位精神矍铄的老妇人，读过书，喜爱摄影，家里收藏了许多渔雁的渔具。我问她渔雁最看重的是什么。我以为她会说美味的河刀鱼，抑或苇甸里捉不尽的螃蟹，没想到她的回答是芦花。她说，芦花在渔雁的生活中像月光一样重要。"春天苇尖鸟一叫，青虾结队来投靠；夏天芦苇一抽穗，海蜇捞得最起劲儿；入秋芦花脸一红，河刀满舱不用蒙；立冬芦花赛过霜，摇橹扬帆回家乡。"这几句话概括了渔雁在辽河口的生产生活规律。我想，渔雁的木帆船在驶离辽河口时，肯定会一顾再顾岸上这片与他们朝夕相处的苇甸，他们也许会想,只要芦花年年开,他们就会年年来。我在当地一家船厂看到了一块老船板,上面雕刻的是一枝纹理清晰的芦花,这是对老妇人之言最好的佐证。

与春夏秋三季在辽河口栖息的渔雁不同,苇客只有在冬季来苇甸。苇客有点像大西北曾经有过的麦客,只不过麦客是出西口割麦子,而苇客是下辽河打苇子。就劳动强度来说,苇客要比麦客辛苦得多。因为芦苇比麦秸更坚实粗壮,割起来格外费力。苇客称割苇为"打苇子",一个"打"字道出了对芦苇爱恨交织的情感。苇客大多来自黑龙江卜奎一带,是闯关东人的后裔,他们吃苦耐劳,守信重义,与雇主关系相对固定。立冬一过,渔雁收起渔网从海上离开,苇客便拖家带口从陆地上赶到。很多苇客会住在渔雁留下的窝棚里,支起炉灶开始为期一个冬天的生活。渔雁与苇客的交替使用,让苇甸坨子上的渔雁窝棚得到了维护,有的变成了永久性草房。在二道沟的一户蟹农家里,我见到了一把老式苇刀,苇刀不同于割麦的镰刀,它像一个平放的木梯,前端是铁质苇刀,使用时推着往前走,靠推力和刀刃共同作用把坚韧的芦苇割下来。蟹农也是一位老者,留着络腮胡须,他告诉我,苇刀是苇客的发明,这一发明大大降低了苇客受伤的概率。在没有这款苇刀时,每年被镰刀割伤身体的苇客无以计数,身上没有刀伤的不能叫苇客。此外,苇茬锋利如刺,苇客的女人孩子也常常被苇茬刺伤。我说,在缺医少药的苇甸里,一旦被割伤可不是小事。老者摇摇头道:"这个你就不懂了,有芦花在,割伤不过小菜一碟。"他告诉我,芦花是苇客眼中的宝,将芦花敷在伤口上能止血,伤口很快就会愈合。

听了关于渔雁和苇客的故事,我耳边似乎响起那首熟悉的歌曲——《芦花》,这是我很喜欢的一首歌,其中有段唱词很美:"芦花白芦花美,花絮满天飞,千丝万缕意绵绵,路上彩云追……"我想,对于讨生活的渔雁和苇客来说,他们对芦花的追逐就是一个代代逐梦、生生不息的过程。我们现在无法完全复原渔雁与苇客的生活情状,然而从他们跋涉的轨迹看,可以想见,如果没有足够的韧劲和恒心,没有一个具有鲜明辨识度的象征符号的指引,是很难做到像候鸟一样年复一年地迁徙的。我想起了明代移民眼中的大槐树,想起了胶东移民心底的"小云南"。或许,洁白的芦花对渔雁和苇客来说,也是一个同样的精神指向。

(原载《光明日报》2023年12月6日 1版)

乡村的诗意

郭文斌（宁夏文联主席、作协主席）

几位喜欢拙著《农历》的学生在宁夏银川张罗着开了一家餐馆，走廊里装饰有我老家景物的照片，这让我对餐厅生出许多亲切，隔一段时间，就想找个理由去吃一顿。他们问我饭菜味道怎么样。我说，很好，但总觉得菜品要是再"土"一些，就更好了。实际想说的是，如果能吃到小时候的味道就更好了。后来知道，提这种建议的不止我一人。在大街小巷布满了餐馆的城里，大家之所以选择到这里用餐，就是想重温"农历的味道"，留住那一缕魂牵梦绕的乡愁。

估计不少人有同感，每回一次老家，村子都会陌生许多，小时候"躲猫猫"的院落、掏鸟蛋的树、跳房子的麦场、打泥巴的墙角等渐渐不见了。一天，我坐在山顶，望着山下焕然一新的建筑，想，有没有一种既现代，又能留下乡愁的模式？祖先们讲的"中道"，能不能在美丽乡村建设中体现出来？

让我感动的是，就在这时，县上决定，把一些具有文化符号性质的地标保护下来，我出生成长的那个老堡子也在其列，并且要稍加修缮，成立我的工作室。我就一次又一次地给负责修复的同志说，一定要修旧如旧，帮我把通向童年的那扇门留住。

虽然村里通了自来水，但老堡子后的那眼水井要保护好。哥哥成年后，就在堡子的后院打了这眼井，不但自家吃，邻居们也吃。还记得当年打那眼水井的情景，乡亲们都来帮忙，一铲一铲地挖，一篮一篮地提，打了十几天，终于把水打出来。我记得，哥像个泥人似的从井里上来；我记得，我趴在井口，在渐渐上升的井水里寻找自己；我还记得，父亲和哥哥做辘轳的情景……

我喜欢打水，把木桶挂在绳头的铁卡子上，从井口放下去，然后放松辘轳上的井绳，让桶子往下落。当桶子触碰到水，"嗵"的一声，马上有一种来自井底的重量感通过井绳传导上来。通过那种重量感，你会判断桶子是否吃满了水，如果没有，再放一次，感觉吃满了，就屏着气摇辘轳。把井绳一圈一圈地缠在辘轳上，一圈一圈摇的时候，一种沉甸甸的渐次上升的收获感会通过胳膊充盈全身。桶子越来越清晰地上升，等它到了井口，抓着湿漉漉的桶把，把桶子提到井台上，我仿佛看到，心里有另一个我，在向水井鞠躬，那是一种迎请，一种感动，向着来自大地深处的甘露。

喝惯了这眼井水里的水，你会觉得再好的矿泉水，也是隔的。那是一种大地深处的味道——冬天打上来的井水是暖的，夏天打上来的井水是凉的，有一点泥土的味道，又有一点点深邃的味道，更重要的，你会觉得，它是活的。因此，每当过年，当我用红纸写上"青龙永驻"对联，贴到井房里，点着三炷香，跪下磕上三个头时，似乎会感觉到，真有一条无形的龙，从我手里接过那副对联，那份祝福，还有那袅袅的香烟。

除了保护好那眼水井，我还让哥恢复了童年时的灶台。没有了灶台，炊烟带给我们的诗意就无从寻找了。我给哥说，现在村里大概只有你会盘老灶台了，年轻人都不会了。哥懂得我的意思，就张罗着盘灶台。在城里，每每打开煤气灶的开关，我的眼前，就会浮现出童年的情景。冬天，母亲做饭，我坐在灶前的小木凳上，帮母亲烧火，左手向灶膛添干牛粪，右手拉风箱，随着风箱的出入，灶膛里的火苗在锅底跳舞。看着舞动的火苗，你会觉得，腊月二十三贴在灶台后的灶王爷是真实存在的，"上天言好事，回宫降吉祥"。我问娘，什么是"好事"，什么是"吉祥"？娘说，"好事"就是孝顺父母啊，尊敬兄长啊，节约粮食啊，多为他人着想啊，多帮人啊。一堂影响我一生的人生大课，就在灶前上完了。

不多时，饭菜的香气就弥漫开来，在我的鼻孔里挠痒痒，土豆的香，馒头的香，红薯片的香，甜菜根的香……母亲把锅盖揭开，大铁锅散发的雾气一下子把我们笼罩。

日子就在这个灶台前移动着，从立春，到立夏，到立秋，再到立冬，母亲变戏法似的，在大铁锅里，给我们炒春龙节的豆子,蒸端午的花馍馍,做中秋的月饼,煮冬至的饺子。

我还让哥恢复童年的石磨。没有了石磨,把粮食变成面粉的诗意就没有了。好不容易盼到新麦子下来,看着娘把袋子里金黄的麦子倒在磨盘上,你的心都在颤抖。我和娘一人一根推磨棍,抱在怀里,身子前倾,绕着磨台转圈儿。一磨盘的新麦子,通过磨眼,流到两扇石磨之间,在我和母亲的推动下,从磨缝里流出面粉来,带着太阳和泥土的味道,带着春风夏雨的味道,也带着父母汗水的味道。我们一边在院子里转圈儿,一边想象着新麦面烙的饼子,口水就把磨棍打湿。推磨不像烧火,是件耐力活,母亲为了不让我寂寞,就给我讲故事。说,这麦子,是天上的神仙下凡来养活人的。我说,那我们吃它,就是吃神仙?母亲说,是啊,因此我们不能浪费粮食。我说,那我们现在是把神仙放在磨口里?母亲说,是啊,它忍着疼痛,养活我们,我们费点力,算什么。新麦子下来,母亲会把第一锅饼子放在竹篮里,提着竹篮带上我们去姥爷家,让姥爷和姥姥尝新,然后才让我们吃。姥姥则掰上一块,向四方扔去,说是感谢土地爷,然后放一块到嘴里,说,真香啊。接着,把手里的一分为二,一块给母亲,一块给我。

我还让哥恢复当年上房的炭炉子。在我的记忆中,先是红泥小火炉,再是生铁炉,后来换成烤箱;燃料先是用木炭,后来用石炭。父母先是用砂罐熬茶,后来换成铁罐。但母亲生火时烟熏火燎的情景一直没有变。农闲时,就有乡亲们凑了来,围着炉子，喝上几盅。晚上，大家围炉而坐，抽着旱烟，喝着茶，说着闲话，我就在他们的家长里短里进入梦乡。那时，只觉得眼前的炉子不再是炉子，而是一个魔法，能让人们围在一起，亲热。多么让人怀念啊。

炭炉子上有一节一节的烟筒接出屋外，我喜欢站在院子里，看着从烟筒里伸胳膊展腿跑出来的烟在风中飘舞。特别是下雪的时候，那烟，就像一条围巾，搭在院子上。再后来，我喜欢在冬天的早上，独自上到山头，看着一家家的炊烟和炉烟，把整个村子渲染得如梦如幻。常常，我的眼角会挂下泪水。天很冷，但我不愿意回家，看不够啊。

我还让哥保留好上房的土炕，以及炕上我们盖过的花被子。还有窗花样、门神样、年画样，等我退休了，大年三十，再剪剪，再贴贴。还有那个四方木灯笼，我是多么想再看看雪打花灯。

我给哥说，让他做这些，是为了"记住乡愁"，他有些不理解，但当我说——有了这石磨，就可以让孩子们亲手推一推，知道麦子是怎么变成面粉的；有了这灶台，就可以让孩子们亲手烧烧火，知道生米是如何变成熟饭的；有了这水井，就可以让孩子们亲手打桶水，感受一下从大地深处打出水来的美好。如此，培养孩子们的感恩心——他立马就明白了。

（原载《光明日报》2023年12月11日 1版）

一个村庄的剪影

吉米平阶（西藏作协主席）

一个人，这一生是不是必须跟一个村庄产生联系？或者说，一个人的生命中，是不是必须有一个村庄的影子？在去往叶巴村之前，这个问题，从来没有在我的脑子里出现过。

叶巴村在西藏昌都，位于怒江中游岸边的一个小山村，称它为"挂在山坡上的村子"，一点也不夸张。当年我们乘车进去，新修的毛路一面是山体，一面是滔滔江水，车子倾斜而过，两只手能把扶手攥出汗来。

村庄不完全临江，也深藏在大山的褶皱里。那些旁逸斜出的山谷，因为蓄得住水，便成了人们繁衍生息的所在。刚来叶巴村的时候，不免产生疑问：这些人的先辈，当初是怎样来到这里的？

叶巴村在昌都市八宿县林卡乡，距离拉萨800公里，距离昌都1000公里。从林卡乡到叶巴村，中间隔着几座大山。十年前，越野车要开四五个小时。再往前，公路没通的时候，干部下乡，骑马要一整天，如果步行，途中还得住一宿。

就这么一个荒僻的村庄，在这里生活一年多之后，竟成了我刻骨的牵挂。

其实，我的乡村生活经历十分有限，记忆中唯一的一次，是幼年在金沙江边上的巴塘老家生活过半年。直到来到了叶巴村，有了叶巴村的生活经历，了解了叶巴村的那些人和事，我才真正跟一个村庄有了割舍不断的联系。那些人和事，还形成过一本小书。离开之后，清闲下来，有时会遥想那个江边村庄。在山谷里呈"Y"字形分布的80多户人家，散落在坡地和果园之间，他们会为了春耕时的用水吵吵闹闹，也会对邻居的困难慷慨解囊，一年四季，都没什么大事。几年前，村庄整体搬迁到了县城，现在，只有村里的一些年轻人为了经营土地，还往返于县城和叶巴村之间，老人和小孩大多都在县城安居。

叶巴村和相邻几个村子的搬迁，政府是下了很大决心的。想当初，我也参与过动员说服工作。耕地少，用水难，地处偏远，加上山高谷深，水质不好，除了走出大山，再没有更好的选择。这么多年过去了，村民们外出务工，照顾在外上学的孩子，或投亲靠友。许多人家自发搬迁到了县城、昌都，乃至拉萨。除了对自家曾颇费心思建造的房子有些留恋，在走与留的选择上，大多数人心里是有数的。倒是我这个外人，到了紧要之处，还有些牵牵绊绊，这大概就是"心之所系"吧。

离开叶巴村几年后，我曾回过那里，乡村的日常，发生了深刻的变化。过往的那些人和事，渐渐成为刻印在记忆里的剪影。村里许多我熟悉的老人，已相继离世，村里的许多年轻人，在新的环境里适应着，打拼着。县城边的工厂，县城里的茶馆、餐厅，多了一些叶巴村的青年男女。在拉萨，我也接待过好几拨来看病、打工、旅游的乡亲，我们共同的话题，还是离不开那个日渐远离的村庄。

说说叶巴村吧，说说叶巴的春天。

叶巴的春天，是随着核桃树尖尖的嫩芽一起到来的。

二三月份，藏历新年前后，江风已不再刺骨，忽然之间，就看见了枝头上的绿色，这里一点，那里一点，继而弥漫得满眼都是。地里的冬小麦和青稞，热热闹闹地钻出地面，空气中到处飘散着泥土的清香。

核桃树的生长让人惊奇，好像一天一个模样——从尖尖的嫩芽，到一绺一绺的穗子。我们院子外的那棵核桃树，把长长的枝条伸进院子，给我们讲述春天的故事。接着，河沟里柔柔的柳树枝条绿了，桃树呀，苹果树呀，争先恐后地开出各色花朵。有一天早上，我照例起床后到院子外面转转，突然就看见门口的沟沟坎坎，上下一片雪白。下雪了吗？天上晴空万里。原来是那些生命力旺盛的藏梨树，一夜之间开满了大片大片粉白的花朵，空气中到处弥漫着略微有些发腻的甜香。

春天是忙碌的,村民侍弄着田地,驻村工作队和村委会还会召集大家参加各种会议和学习——记得那时,有关于落实惠农政策的,有关于参加社保登记的,有关于乡人大代表选举的,有关于纪念西藏百万农奴解放座谈会的……整个三月,是我们跟大家见面最多的一个月,村委会的院子里整天人来人往,喜气洋洋。

春天忙过之后,是短暂的农闲。采挖虫草、收青稞小麦、种第二季作物的忙碌季节即将到来,各家各户在着手准备。这时,工作队也有了难得的闲暇。有时,早饭过后,我就到果园里去。桃树、苹果树、藏梨树这些果树的花都已盛开,如果头天晚上刮了风,粉的白的花瓣会散落一地。还有那刚钻出地面的青草、小树苗,开黄花的蒲公英,把果园渲染得五彩斑斓。那几株年长的核桃树张开的巨大树冠,被早已萌发的新芽所覆盖,营造出一片绿荫,阳光从树枝间斑斑驳驳地照下来,不刺眼睛,是看书小憩的好地方。

果园里的宁静是活泼中的宁静。各种小鸟的叫声此起彼伏,一会儿在东边,一会儿在西边,小孩的嬉戏声也不时传来,更远的,是村民遥相问答的声音。这样的环境,正好读书。读书读累了,站起来,在林间活动活动筋骨,身心舒爽。

有时,沿着果园的矮墙一道一道地翻过去,这样就基本能走遍全村每一家的果园。哪家的核桃树最大,哪家的葡萄架架得最好,哪家又在果园里锯木板准备今年盖新房,这些我都了然于心。几十个大小不一的果园,装扮着叶巴村,使它成为一朵名副其实的盛开的鲜花("叶巴"在当地语言中的一个意思,就是"盛开的鲜花")。

春天的果园,宁静而又热闹。藏梨粉白色的花朵,因为几只野鸽子起飞,纷纷摇落下来,娇嫩的花瓣片片含香,从树林间肩扛方锄的女人的脸颊边滑落。那些枝蔓,伸出绿色的手臂,仿佛要挽留行路人匆匆的脚步。天空中扬的,泥土里钻的,空气里飘的,溪水里流的,一切一切,都满含生机。鸟儿叫,树枝摇曳,仿佛一曲大合唱,而草尖钻出地面,嫩芽跳上枝头,又仿佛小提琴活泼的独奏。

当时在果园里读过的书,我记得有一本是金克木先生翻译的《云使》,是关于思念的。现在想来,在偏远的山村,读这样的书,倒是有些应景。

如今,我思念着叶巴村。冬季来临了,有没有一片雪花,为我带去对那个山村的问候?这样的村庄记忆,构成了我和叶巴的村民,生命中重要的部分。

(原载《光明日报》2023年12月18日 1版)

我住北京

廖奔（中国文联原副主席、中国作协原副主席）

小时候看电影《祖国的花朵》,"海面倒映着美丽的白塔,四周环绕着绿树红墙"的意境深深地印入我的心灵。当时的黑白新闻影片里,时而能看到举行国庆盛典时嘉宾登上天安门观礼台,召开大会时成千上万的各地代表步入人民大会堂,心里便憧憬着哪一天我也能登上那庄严的台阶,走进那宏伟的会堂——或许后来考研时选定以北京为目标,就始自这依稀的向往?

终于住进了北京,幸福感溢满心间。那时,我的宿舍在前海西街的恭王府里。这是古色古香的三进三重深宅大院,后面还有宛如公园一样的花园。虽然已陈旧落败,但飞檐翘角的建筑仍然气宇轩昂,走在里面,处处都能感受到其当年的威严与凛然。王府四周则是美丽的风景。每天早上我绕着什刹海畔幽静的林荫道跑一圈,冬天在前海的湖面上滑冰,夏天在后海里游泳。什刹海曾是京杭大运河的终端码头,终日舳舻相接,现在成了北京的著名景观。站在银锭桥上西望，隔着水面能看到西山的苍莽轮廓，是为"银锭观山"——小燕京八景之一，着实引我遐想。前海西侧有大片藕花，荷香四溢，岸边有一个荷花市场，小商铺林立。后海长满了水草，游泳时常常蹭腹挂足，时而得平趴在水面上赶快划过去。

我的住所紧贴恭王府西墙，墙外即是柳荫街，有两排垂柳长长的柔条拂地，是为北京名街。那几年，国庆盛典的彩车里总有一辆是柳荫街彩车，电视里看到总是兴奋不已。睡到早上四五点，经常会听到墙外羊群的碎蹄声，那是从西山赶往菜市口肉市去的，羊走了一夜的路——这是老北京一直遗留到那时的市声。羊群里总有一只老公羊，膻腥的气味竟能翻过高高的墙头钻进屋里直冲我的鼻孔。

恭王府附近是名流名胜集中的所在。前海边有王稼祥故居、郭沫若纪念馆，后海边有醇亲王府、宋庆龄故居，旁侧挨着钟鼓楼和德胜门箭楼。向西一条胡同通往护国寺，途经庆王府，然后是梅兰芳故居，现在成了梅兰芳纪念馆。护国寺前建有人民剧场，我经常沿着这条胡同走到那里去看戏。恭王府南边，就是著名的北海公园，也是我休息时去得最多的地方了，此处不表。

这一带紧挨着就有三个王府。你可知道，在清代北京城里只让住旗人，除王府以外，八旗兵分片居住，围着紫禁城一圈。例如，德胜门内什刹海一带住正黄旗，安定门内住镶黄旗，等等。

平头百姓是不能住在城里的，他们住在城南，前门外也就是今天的大栅栏往西到宣武门一带，有众多的戏园子、饭馆。时代跨越到21世纪，"旧时王谢堂前燕，飞入寻常百姓家"，王府成了今天的网红打卡地。

什刹海向南连着北海，北海再南是中南海。这几年我路过时，总喜欢站在文津街横跨两海的桥上，向北遥望北海公园琼华岛上美丽的白塔和它水中的倒影，向南远眺"水上明珠"——半椭球形的国家大剧院，心旷神怡，一待就待上半天。中南海东边就是金碧辉煌的故宫，即紫禁城。明朝皇帝朱棣始建，到1924年清朝末代皇帝溥仪被冯玉祥的军队逐出，明清一共有24位皇帝曾在里面居住。如今，故宫是世界著名的历史文化遗产，每天游人如织。

故宫北侧是景山，这里曾经是北京的制高点，也位于北京的中轴线上。我喜欢站在景山最高处的万寿亭上望远。南面是故宫四方城墙里金顶连片的高大宫殿楼阁，再远一些是人民英雄纪念碑、毛主席纪念堂。向北能望得更远，近处是寿皇殿，远处是鼓楼、钟楼、德胜门楼，一直能看到远山映衬下高耸的北京奥林匹克塔。西面先是北海的粼粼波光、万岁山上耀目的白塔，然后是西山雾霭背景下的楼群。东望可见CBD中央商务区丛聚的高楼，中央电视台总部大楼造型独异，摩天大厦"中国尊"鹤立鸡群，一派现代都市气息。中国今非昔比，幸福感与自豪感油然而生。

向南穿过故宫，出午门后，左边为太庙，明清帝王祭祖的地方，今天的劳动人民文化宫。1998年，祖宾·梅塔指挥、张艺谋执导的意大利佛罗伦萨五月歌剧院的歌剧《图兰朵》在太庙享殿前演出，我曾前往观看，被庄严而辉煌的场面所震撼。右边为铺着五色土的社稷坛，今天被圈在了中山公园里。中山公园里还有中山堂、音乐堂，以及一处特殊的历史遗迹——孙中山铜像南边跨路而立的保卫和平坊。这原是八国联军胁迫清政府为德国公使建的克林德纪念碑，由东单北大街西总布胡同西口移过来的。从牌坊下走过，会让你痛心地想起曾经的民族耻辱。

继续向南，穿过天安门下的拱形门洞，走过金水河上的汉白玉石桥，便来到了宏伟的天安门广场。返身回瞻，天安门城楼上悬挂着巨幅毛主席像，两侧长长的观礼台就像城楼的两翼，我也曾有幸站在观礼台上出席盛大的国庆典礼，百感交集。广场中央是高高飘扬的中华人民共和国国旗，警卫战士挺拔的身姿成了游人眼中亮丽的风景线。每天清晨都有许多市民和游客前来观看升旗仪式。我也曾立在广场上仰望五星红旗在朝霞中冉冉升起，而后肃穆地久久怀想，心中的庄严感、神圣感、使命感交织成热泪。

广场东边是中国国家博物馆，是我常去温习中华五千年文明脉络的地方。广场西边是人民大会堂，1959年用了仅仅10个月时间便建成的巍峨建筑，李瑞环、张百发当年都是建设大会堂的青年突击队里的红旗手。我也终于走进了这辉煌的殿堂,在五星圆顶下的万人大厅里参加全国两会。

我的住所后来从恭王府迁住北三环的马甸桥旁,又迁到东二环广渠门外通惠河南,再迁到西二环西直门外紫竹院南,我把北京北城、东城、西城的人间烟火都体验了一把,只是没有住过南城。最直接的感受是,北京城越来越大了。过去从城里骑车到北京大学,出德胜门不远就是郊区葱绿的田野了,现在德胜门在北二环,马甸桥在北三环,向北一直到四环都成了城市中心,高楼遍布,北京大学竟然也包含在了城里。如今,假日我还时常开车到周边的十渡、百花山、鹫峰、八达岭、密云水库、雾灵山转悠,走向更广阔的空间,领略自然风光,感受四季时序,其乐也融融。

北京成了我永远的念想。

(原载《光明日报》2023年12月26日 1版)

朝天门

叶梅（中国散文学会会长）

朝天门，一直是重庆这座著名山城的象征。凡提到重庆，首先想到的便是长江和嘉陵江夹围处，那叫作"朝天门"的地方。早年间，山城沿江有九门，朝天门码头所在的沙嘴水位最低，长江迎着左侧奔来的嘉陵江，浑黄与碧绿的江水在此相互撞击，清浊分明，素称"夹马水"，其势如野马分鬃，激荡起一股股汹涌的旋流，为天下绝观。

小时候，常听我的外婆说到重庆以及朝天门，有一些重要的人和事似乎都跟它们有关。重庆是长江三峡的起始之城，外婆家的木楼则在三峡巫峡口的巴东县城里。外婆的娘家兄弟都是川江上的船工，常年行船于重庆至宜昌之间，每走一趟，除了带回些吃食，如川渝的糍粑、麻糖、酥饼，还会带回一些稀奇的故事。朝天门的印象就是那样一点点刻进我的脑子里的。

三峡两岸的人都把去重庆当作一件大事，对那边传来的逸闻趣事津津乐道。外婆的兄弟们喝酒的时候喜欢摆古,谈起刚去过的朝天门,说那里古来便是长江这条黄金水道最重要的码头,无论春夏秋冬,停靠在那里的船只都像天上的星星,数不清。朝天门建在江崖高处,门外是下到码头的长坡,船只快到重庆之时,船上的人远远地就会看见那座仿佛立于天空中的城门。停船后沿着长坡而上,抬头可见朝天门外、瓮城门额上刻有"朝天门"三个大字,正门额上还刻有"古渝雄关",气派得很。

我那时还小,"朝天门"三字引起我无限遐想,以为进了那门,就登了天。它是否就是天地之间的一道门槛?我不止一次这样问过外婆,外婆笑而不答,或许她有同感,只是不敢确定。后来得知,朝天门建得很早,大约在公元前314年,秦将张仪灭了巴国后,为修筑巴郡城池而建起了这座城门,此后历代官员均在此处承接皇帝圣旨。因古时从长安或其他都城来渝州,也就是重庆,陆路为"蜀道之难,难于上青天"的"鸟道",万分艰险,于是使臣们大都选择水路,登此码头传天子之命,因此这里叫作"朝天门"。

朝天门上可观大江好风景。长江与嘉陵江在此交汇,每逢夏秋之时,水势排山倒海,翻卷起万千浪花,最终融汇一水,向东而去。那不可阻挡的交融,那豪情万丈、义无反顾的奔流,当是多少英雄豪杰向往的人生之境呵。朝天门下的江边,可见江心的石矶随大水涨落而沉浮,那里的嶙峋礁石,有一处为"夫归石",又名"呼归石",蕴藏着一个古老的传说。相传大禹在古渝州娶涂山氏女,此后治水13年不入家门,涂山氏女伫立矶上,望夫归来,却一直未能见。风霜雨雪之中,女子化身为石,从此立于江心。

而在沙嘴伸向江心的石丛中,还藏有千古之谜,那是古人在礁石上刻下的一道道碑文。据记载,有15幅石刻题记,始于东汉,是已知长江上游年代最早、水位最低的水文题记。然而,这些碑刻藏于水中,千百年来只露过几次面。古时人们就称它们为"灵石",是人的文字与思想赋予了石头灵气,还是那些石头本身就如《红楼梦》中女娲补天余下的通灵之石,人们因此选择在其上镌刻碑文?或许两者兼而有之?

作为一个三峡人,我多次来到重庆。少年时,来此最大的心愿就是登朝天门、看灵石、观红岩。虽然之前就听外婆说过,朝天门的旧城门早在多年前就拆除了,但我登上码头后仍不甘心。在我的想象中,朝天门依然高高地耸立,似乎只要用心去寻找,就一定会找到。后来沿街走去,一路步行到了解放碑,心中的遗憾一下子释然。我在那座高大的碑前请人拍了一张照片,一直珍藏着。从那时起,看见解放碑就知道到了朝天门。

有一年初夏,我与一批湖北作家乘船来到重庆,曾写过《将军决战岂止在战场》的黄济人先生热情接待,领着我们在码头乘缆车登上朝天门,然后径直走进附近的一家火锅店。黄济人先生性格豪爽，说这家火锅店是重庆最好的，你们湖北来的朋友一定要尝一尝。我们同饮一江水，都爱吃辣，但湖北人吃辣吃不过重庆人，一顿火锅吃得大家满头大汗。席间我们说起朝天门和解放碑，没想到黄先生说他家就在解放碑旁边的一幢楼里，晚上散步总在朝天门一带。他住顶楼，曾将一些泥土运上楼顶，种下了好几棵樱桃树，每年夏秋之时樱桃成熟，味道很甜。黄先生的一番话，顿时让我心目中的朝天门和解放碑增添了许多亲切感，加之辣火锅和甜樱桃，不由感觉重庆的气息里夹裹着庙堂与江湖，阳春白雪与下里巴人，耐人寻味。

近些年，每次来到朝天门总会感到有些诧异和陌生，疑惑是否走错了地方，直到走到那座熟悉的解放碑前，仰视它的高大巍峨，才晓得这里正是故地。

怨不得我有陌生感，这城市日新月异。朝天门随着重庆的整体发展一年年惊人地变化着，逐渐被打造成重庆渝中区CBD中央商务区。那一幢幢高耸入云、风格多样的地标性建筑环绕着解放碑。这片生机盎然的城市森林中，活跃着4000多家商业门店、20多家大型商场、近百个金融网点和证券交易所、重庆最大的书城、几百家餐饮……"解放碑—朝天门城市更新工程"因而获得"成渝城市更新十大地标"称号。

站在250米高的来福士玻璃观景台上，可以俯瞰解放碑、朝天门，以及嘉陵江与长江交汇的宽阔江面、江岸的风景，一座座气势雄伟的大桥将两岸连为一体。观景台上游人不少,有人忍不住惊呼,我壮着胆子扶着栏杆走到平台的最边缘,双脚踩着透明的玻璃,似乎凌空于大江之上,身体也不由一阵阵发紧。只见江水微澜,一艘艘货轮、游轮在江上穿行,像一个个箭头——指向的都是未来。沧海桑田,古老的朝天门从木楼土墙化作如今的现代化城市中心。"棒棒军"留在了从前的山城民谣里,重庆已然是长江上游的经济文化高地。

许多城市都有"零公里"标志,这是城市中心的象征。重庆公路的"零公里"起点标志即设在朝天门广场。我从"零公里"向江边走去。入夜,对岸的洪崖洞、大剧院、科技馆灯光粲然,火树银花。在灯火的映照下,流动的江面也如五彩斑斓的图画。这座城市处处都昂扬着旺盛的生命力,街道旁的石壁上常常可见藤萝垂碧,还有一棵棵长于岩石缝中的黄桷树,它们粗壮的树根裸露在外,但仍在顽强地生长,让人敬佩。来到江边的石阶旁,又想起外婆讲过的传说,说这石阶无有穷尽,可通往江底的金竹宫,那或许就是灵石屹立的地方吧。灵石记载着长江上游这方水土的过去,古老而又青春的朝天门则通向这座城市美好的未来。

(原载《光明日报》2024年1月3日 1版)

到瑶溪去种茶

王旭烽（浙江农林大学教授、浙江省作协原副主席）

瑶溪有株大银杏树，笔挺立在秋风里，被蓝天衬得富丽堂皇，金黄落叶归根，在树下绕成圆圈，那叫一个美。身后山坡，有绿竹做陪衬，仿若皇后娘娘的宫女们。间中白墙黑瓦，错落有致，拍照写真，那是能够赞倒一大片的。

像我这样虽然不是山里人，但嫁给了曾经的山里人的"知道分子"，明白越是这样的美丽地方，越有它的寂寥。

然而它依旧属于"上有天堂下有苏杭"的杭州。瑶溪位于杭州桐庐西北角，距县城七十六公里，乃合村乡最偏远的行政村，位于三县交界。如果一只鸡站在村口叫一声，桐庐、淳安与临安三县全能听到，这就叫"鸡鸣三县"。如果这只鸡生了一只蛋，不幸滚下山坡，那么谁知道它上哪个县溜达去了呢？三县村民对这种鸡毛蒜皮的事情是从来不计较的，他们世代生活在这里，不分派，不吵架，不争斗，很有点儿"桃花源"气质。

我带着我的茶文化团队来瑶溪，只是为了去老鸦窝访茶，去微茶庄敬茶。几年前是老村长带我上的老鸦窝。老鸦窝上无老鸦，听说从前乌泱泱一片，白天飞出去，"黑云压城城欲摧"，晚上扑棱棱折回来，山顶一片黑。也不知道什么时候开始，老鸦突然就没了，一只也没有了。

随之消失的还有上千亩茶园。从前它们生得可好了，阳崖阴林的，还有灌木丛和竹林罩着，透过来真正的漫射光。黄壤坡地，虽没有了成片茶园，但竹林里一簇簇茶蓬又老又矮，依旧扎在那里，性子随那竹根，也是咬定青山不放松的。

现在还剩的茶蓬是20世纪五六十年代种下的，但它们似乎已经可称为古茶树了。原来古茶和野生茶是两个概念——只有真正自生自长的茶树，才可以被称为野生茶树。瑶溪的茶，虽非野生，但还是可以称作"古茶"的吧。我们团队的梁慧玲博士在这里建了博士工作站，她的专业是育种。

瑶溪村的书记陈亚妃是本地人，年轻美丽，嫁到山外，孩子才半岁时，便住回深山老林，有模有样地当起大学生村官了。她眼下要做一件大事：把老鸦窝的茶山重新恢复过来。乡里找了我这个"乡贤"，这木梢就让我给接上了。

为这茶事儿，我来过此地许多次了，见过山茱萸，见过红豆杉，见过野草花，见过久违的芦花鸡和雄赳赳的大公鸡，这都不算什么，但见过成群的猕猴，这应该还算稀罕吧。猴群呼啸而来，威风凛凛，肆无忌惮地跑进村民们的灶间，打开橱柜门就吃将起来。它们还和野猪合伙骚扰人类，野猪负责拱地，猴子负责刨番薯、玉米。好在它们不吃茶叶，我对它们也就不上心了。它们可会搞破坏了，但村民们从不干涉。让它们折腾吧，野生动物是要保护的。

为了种茶，我们先把一幢摇摇欲坠的破礼堂修整成村民喜闻乐见的微茶庄园，乡里出的钱，团队出的设计思路，建筑公司负责施工制作。我特意要求建一个大壁炉，想象冬天大雪封山之时，村民们聚集在此，一边聊天，一边烤红薯，一边看着窗外的漫天大雪，不亦浪漫乎？当然，这是我在替他们浪漫，他们自己却未必这样觉得——山里日子太冷清了，村民需要热闹的人气。

古村落建于此地已过千年，方圆二十里，农户二百余，人口六百多。沿溪青嶂叠翠，曲水蜿蜒，漫步溪谷，若游长幅绿屏。此地村民以陈、吕、吴、蔡四大姓氏为主，皆迁徙而来。瑶溪村的先民为何跑进这样的深山？这和北宋末年的方腊起义有关。当时有个姓陈的睦州刺史，是徐州人氏，他见农民起义无处可逃，干脆躲进这深山。毕竟是受过教育的人，在这山中日月长之时，也没忘记要读书。时局一太平，就请了一位姓吕的私塾先生，来教陈家子弟们。谁知这吕先生在这里教着书，也渐渐迷上了这世外桃源，干脆不走，就定居在此了。后来姓吴的也来了，姓蔡的也来的，大家安安静静地比邻而居，生活劳作，繁衍生息，从无相隔相争之事。千百年来，他们尊师重教、耕读传家，崇尚勤俭、互帮互助，化成一处民风淳朴、英才辈出的文明村落。这两百户农家先后考出一百多个大学生，走出山门，走向广阔的世界。那太守级别的老祖宗，文脉可真不是瞎说。

我们在这里共同发展了几年茶文化，前些天岁末，决定再去看一次。这回我带了不少好吃的，书也没少带，还拎上正宗茶籽榨的油。我专门嘱咐同行的同学们，要拍下村民们的笑脸，做成一面笑脸墙。谁知前些天雪下得大，村里的两位老人滑倒了，计划只得延期。一二不过三，这回一路奔波，我们终于到了村口的微茶庄园。

但见茶界泰斗姚国坤先生题写的门匾下，坐着一群上了年纪的老人，我不解其故，赶紧嚷了起来：怎么能够让老人们坐在门口啊，赶紧扶进去！别冻着了。同来的王长金教授拦住我说：老人可喜欢坐在门口晒太阳呢，我妈就是这样的。王教授老家离此处不远，他是个研究家谱的专家，我特地把他请来，想给村民们讲讲往事，谁知坐下定睛一看，我的个妈呀，这可怎么讲，他们能不能听得见还是个问题。原来这群老人是从七十岁往上，直至九十多岁的，能来的全来了。年轻人呢？最年轻的带着孩子们上城里打工读书去了，稍微年长些的做生意去了，而六十多岁的上老鸦窝种茶苗去了。

记得那年春天老村长领我上老鸦窝，指点东一片西一片的小块茶地，告诉我从前这里有数千亩茶园。前年夏日我们汗流浃背地上了山，用竹竿捅地，观察土壤品质。我去问植茶专家翁昆该种什么品种，他说45度的山坡，种梅占茶最好。种下了茶苗，让我给取个茶名。想到因为山上绿茶采摘晚，专家建议主制红茶，又想那么多山里孩子考出去，熬夜读书得靠喝茶，干脆编个故事，红袖添香夜读书，就叫"瑶溪红袖"吧。又问那绿茶该叫什么？我说：既然一个叫"红袖"，另一个就叫"绿袖"吧。这次见到陈亚妃，她兴奋地告诉我：王老师，我们的茶名注册了！

村里刚刚又在老鸦窝开辟出三百亩茶园，六十多岁的劳力此刻正在茶坡劳作。而城里人六十岁都该退休了。王教授说，这将是一种新的农村生活模式，年轻的到城里打工，等年老了落叶归根回乡，以后的乡村就是个大养老院，专门负责老人安度晚年。

此言倒让我分外新鲜，问老人们：你们喜欢到这个微茶庄园来吗？他们点头回答：来啊来啊，我们晚上到这里坐坐，喝喝茶，聊聊天，惬意着呢。

（原载《光明日报》2024年1月8日 1版）

一棵被描写的树

东西（广西文联主席、作协主席）

它就站在那儿，站在谷里屯风声呼呼的坳口，年龄两百多岁，身材粗壮，需要两人张开手臂才能合抱，高一百多米，枝丫撑开像一把巨伞。进村的人首先看见它，离村的人最后离开它。小时候我到邻村读小学，每天都从它身边经过。由于那时的心思主要用在如何才能吃饱穿暖，所以我甚至我们，都没把它当成审美对象。那时，它只是一棵普通的枫树，普通得就像路边的一块石头，只是体积大一点而已。平时我没在意它，只有上山打柴打累了，才会想为什么不把它砍来做柴火？如果用它来做柴火，一家人至少可以烧上一年吧。然而，没有人敢去打它的主意，我以为没人动它是因为没有砍得断它的斧头。当然，它也还有其他功能。比如春天或夏天我们上学遇雨，就会躲到它的下面避免衣服被淋湿。冬天，它的黄叶落满一地，我们把落叶堆到火盆里提着狂奔。火盆冒出的浓烟像极了电影里火车头冒出来的，心头忽然有了看电影的感觉，隐约产生一丝丝自己并不觉察的浪漫。

  第一次长久地注视它，是父母到公社去交公粮迟迟不归。一大早，他们就挑着晒干的粮食走出村庄，把我一个人留在家里。下午还没看见他们的身影，我便担心起来，担心他们遇到麻烦，一时半会儿回不来。太阳离落下去的地方越来越近，饥肠辘辘的我坐在家门口盯着村头，盼望他们快点从枫树下闪出来。可是直看到太阳落山，直看到枫树的叶子由一张一张变成一团一团，直看到枫树的枝干糊成一片，他们也没有出现。虽然小路看不见了，枫树也看不见了，眼前一片漆黑，但我的目光仍然朝着它的方向，好像还看得见它，好像只要这么长久地看着，父母就会回来得快一点。

  第二次长久地注视它，是我高考之后等待录取通知书的日子。那年夏天，我在县城参加完高考后，便回家跟着父母劳动。为了节约用水，我剃了一个锃亮的光头，以为这辈子也就这样了。但在面朝黄土背朝天、汗流如雨的日子里，心里总是隐隐腾起一丢丢希望。那时满姐夫在大队做文书，每天傍晚都要回村。他说了，只要在队部看到我的录取通知书，就会提前飞奔而来。于是，每天下午我就伸长脖子遥望，第一次知道"把坳口望矮"是什么滋味，第一次晓得一个人跟一棵树可以望出伟大的友谊。是的，那年夏天，我望着它的叶子从深绿变成浅绿，发现即使每一片树叶都是绿的，但却有一层淡淡的黄晕提前笼罩在树冠上。

我记住了它的粗枝，记住了它的整体和局部，记住了树叶如何在夕阳照耀下折射反光，而又因为风的干扰让那些反光若隐若现，记住了不同等级的风如何摇晃它，记住了夜色如何像糨糊渐渐挂满它的枝丫。直到快把它的每个细节都倒背如流时，我才接到满姐夫带回来的录取通知书。那份迟来的通知书，仿佛是为了腾出时间，让我更加仔细地打量树，了解它。

那年九月，我离开村庄到更远的地方上学。走过大枫树时我像被谁拽了一下，忽然回头，第一次从这个角度端详它。这是另一番景象，它的两根主枝丫像巨人的手臂那样张开，树冠撑得更大，比从村庄看它时显得更为粗犷有力，仿佛那边是柔美，这边是刚健。透过它的枝丫可以看见村庄零零星星的房屋，看得见站在家门口挥手送别我的亲人。这样的情景在我的短篇小说《天空划过一道白线》中有所描述，那就是："走着走着，他感到前方的吸力渐渐变弱，身后的吸力却越来越大，忍不住一回头。全村人都在朝他挥手，他们的手像风里翻飞的树叶。而他的家孤独地站在村头，被狂风呼呼地吹着，仿佛快要被吹哭了。"也是从我回望的那一刻起，它在我心目中不再是一棵普通的只能用于做柴火的树，而是具有了强大的牵引力。

21岁那年，我到布柳河畔的平腊村做基层工作。布柳河是红水河支流，水美鱼肥，青山隐隐。平腊村坐落在布柳河河谷，地势平坦，水量充足，周围尽是稻田。站在浪花翻滚的河岸，闻着树木百草的馨香,我抬头朝家的方向望去。天哪!只一眼,我就看见它站在高高的山上,浓荫如盖,仿佛远在天边又近在眼前。乡愁瞬间涌来,像拳头猛地捶打胸口。我背上书包朝着它的方向拔腿就走,一会儿淹没于草坡一会儿穿行于树林,上沟下坎,爬山越岭,虽然多次迷路,但只要找个空地一抬头,准能看到它。只要一看到它,我就把它当准星瞄准,两点一线,便又能回到正确的路上。当时交通不便,在县城工作的我快一年没回家了。我扑哧扑哧地走着,一刻也不想停歇,一边走一边想念父母,想象他们见到我时的惊讶表情。从太阳初升走到日头悬顶,三个多小时,又饥又渴的我终于回到谷里。不巧,父母下地干活去了,我家门头挂一把铁锁。满姐家、满哥家,家家户户都下地干活去了。我不知道他们在哪块地头,便拨开自家的窗闩,爬进屋去,炒了一碗米饭,煮了一碗鸡蛋汤,填满肚子后,留下一张字条和五块钱,又拔腿回程。出发前我站在儿时遥望树的位置,呆呆地看了一会儿,想只是因为在山下多看了它一眼,我竟要来回走三十多公里的山路。

后来我开始写作,当需要一个村庄的名称时,我脱口而出"一棵枫",就这样,它被我写进了小说和散文。"到了秋天,那些巴掌大的树叶从树上飘落,它们像人的手掌拍向大地,乡村到处都是噼噼啪啪的拍打声。无数的手掌贴在地面,它们再也回不到原来的地方,要等到第二年春天,树枝上才长出新的手掌。"我曾这样描写过它。在小说里,它拉近了老乡间的情感距离:"聊着聊着,就聊到了村头那棵大枫树。刘建平说我是鼎罐厂的,就在你们村的山下。平时我们一抬头,就看得见你们坳口那棵树。那棵树实在太大了,十几里远都看得见。有次我路过时正好落雨,就躲到树下,结果衣服一点都没湿着。"它让即将离开的灵魂恋恋不舍:"汪槐用力一敲桌上的钹,'当'的一声。汪长尺的灵魂忽地飞了起来,越过屋顶,盘旋。汪槐又'当'地一敲。汪长尺的灵魂朝着大枫树飞去,停在大枫树的枝头恋恋不舍地回望。汪槐再'当'地一敲,就像当年催汪长尺去补习,就像当年催他去城里打工。钹的声音追到大枫树的枝头,汪长尺的灵魂再次起飞。它飞过森林、河流、公路、铁路、楼房……一直飞到省城,飞到人民路,飞进人民医院产房。"

就这样,它变成了一棵被我经常描写的树,变成了一棵具有审美价值和精神力量的树。是的,如果我要给我的家乡设计一个LOGO(标志),那一定就是它。因为在这里只有想象的历史,却没有印证的实物;只有口口相传的过往,却没有文字的记载。唯一大一点的物件或者说久一点的实体就是它。它像挺立在村口的摄像头,既见证了村庄的历史,也捕捉了每个人的蛛丝马迹。

(原载《光明日报》2024年1月15日 1版)

从秋到冬

刘亮程(新疆作协主席)

我妈说明天要降霜。她按农历记降霜日子。每年9月下旬,会有一个降温天气,夜里下一场雨,第二天一早,地里的菜叶子一片白,待太阳出来,没摘回来的蔬菜便都打蔫了。今年霜来得早几天,我们把地里的茄子、辣子、西红柿都摘了入库房,秧秆割倒,堆放在院墙边。地里一下空荡荡了。我们从4月底开始栽苗播种长出的一地蔬菜,突然间被我们收拾掉。只剩下一块玉米。我跟金子说,今年的玉米秆不割了,在地里长着吧。金子说,已经让高老三来割了,人家开拖拉机来了。我说让他回去吧,春天雪消了过来割。

今年的玉米种了三茬,头茬点种下去,隔10天,出苗了点种第二茬,再隔10天种第三茬。这样种能接着茬吃到青玉米,不然所有的玉米棒子同时长熟,我们来不及吃,就都长老了。可是,最后种的那几行玉米,因为错过了最佳播种期,到打霜前,它才开始抽穗，玉米秆也没长高长粗。但到秋天的最后几十天，它似乎感到季节的紧迫，突然加快了生长速度，似乎几个夜晚过去，它们已经追赶上先种的玉米，我们也吃到它们结的青玉米。

菜地的高秆植物都不割，冬天长在雪地上，让鸟落脚。路边拐角处一丛洋姜，两三米高，大拇指粗的秆儿，缀着一身枯黄叶子。入冬前厨师挖了一水桶洋姜，洗干净腌了，说还没挖完。我说留着吧，挖出来也吃不完。明年洋姜会从根茎上长出新枝，比今年更旺盛。

房边池子里的葵花今年长疯了，一人多高，开几十个大大小小的花盘。秋天所有的花盘都耷拉下头，一副任人砍的样子。金子说，收了打葵花子炒了吃。我说留给鸟吧。我没说留给老鼠，这两年我们养的猫成群了，房子附近已经看不见老鼠洞，只有鸡窝里还有一窝老鼠。金子说，老鼠从院墙外边打洞到鸡窝，偷吃我们喂鸡的玉米、麦子。我收鸡蛋时果然看见碗口大的老鼠洞。金子看见过一只比小猫还大的老鼠，说猫不敢捉。我心想，不能把所有老鼠都捉了，给猫留一些老鼠，也为老鼠留住猫。这些年我们能养住猫，一是金子每天按时喂食，再就是院子还有老鼠。早几年院子里到处有老鼠洞，我们种的玉米、葵花，刚结籽就被老鼠偷。老鼠爬到玉米和葵花秆上，把成熟的籽粒剥下来，下面的老鼠衔了往洞里搬。这些都是我亲眼看见的。我想，猫也许有意无意地留一些老鼠不去捉，让其代代繁殖，供自己捉食。猫和老鼠的事,我们不干预。

我外出几日回来,见葵花秆下面的雪地上撒了一片瓜子壳,都是鸟嗑的。鸟站在干枯的葵花秆上,低头啄食葵花盘上的籽粒,见人过来便飞走。它们知道葵花是人种的。其实也是鸟种的,去年长葵花的地角处,今年又长出四五棵葵花,那是鸟啄食葵花子时遗落的种子,今年长了出来。地里长出来的,我们都会让它们长大,长老,结籽,不管是鸟种的,还是老鼠种的。秋天我走过别人家葵花地,也会掰一个葵花头拿在手里,边走边嗑瓜子。嗑剩的大半个葵花头往路边草丛一扔,不会浪费的,鸟和老鼠会接着嗑。我观察过鸟和老鼠嗑瓜子,跟人一样,一次嗑一粒,壳吐出来,仁嚼碎咽下去。

到冬天鸟和老鼠的日子都不好过,我们喂鸡喂鹅时,多撒一些谷籽,一起去吃吧。当然,跑来吃鹅食的老鼠会被猫捉住吃了,黄狗星星也紧盯着啄食麦粒的乌鸦和野鸽子,伺机猛扑过去。却从来没有捉到过一只。

半夜我从村里吃酒回来,书院铁门锁着,手伸进去,摸见门墩里面挂在钉子上的钥匙。半村子人都知道书院大门的钥匙挂在门墩里面的钉子上。来书院菜地干活的妇女,天刚亮自己开门进来,下地锄草。金子听见狗叫知道干活的人来了,下去招呼,烧一壶茶放亭子里,不时招呼她们过来喝茶。

门锁和铁链的声音引来星星。月亮和小黑不在后,星星成了这个院子唯一的看门狗，它闻见主人的气味了，再黑的夜里它都知道我回来了。黄昏出门时它送我到门口，还跑出大门外想跟我一起逛村子。我喊了声"回去"。它进门我锁门，伸手挂钥匙，它也知道大门的钥匙挂在那里。整个夜晚它守着那把挂在门墩上的钥匙。铁链和门碰撞的声音，我走在雪地上咔嚓咔嚓的脚步声，在它的耳朵里已经响了好多年。走到孔子像前往右拐时，它猛地从我身边窜过去，跑到菜地旁的门口又折回来迎我。起了点儿风，院子里榆树、白杨树都没有声音，它们的沙沙声在一场一场的秋风里随叶子落光了，只有玉米叶子的声音。风太弱，只能摇动有数的几片叶子，在黑暗中，哗哗地响。

天上积满了云。后半夜会下雪，风裹着雪到来时，或许我已经在梦里。风吹响玉米叶子的声音，会让我梦见另一些年月的另一片玉米地，它无边无际地长在我要经过的路上，我不知道自己去哪儿，但一大片高高密密的玉米地挡住去路，我走不过去，便在地边搭一个草棚住下来。我想等玉米熟了，种玉米的人来，把玉米棒子掰了，玉米秆割倒，地腾出来了我再过去。这期间我成了看守玉米的人，也不知道在给谁看守着这一地玉米。这是我在《一个人的村庄》中写到的玉米地。那时候我明明知道一地玉米挡不住人，可以从田埂走过去，但我情愿被一地玉米挡住。就像我现在被一条沟陷住。

走到那丛洋姜旁时，左手果园里的大白鹅"啊啊"地叫起

来,它们知道主人回来了,起身在雪地里跑起来。刚养了鹅的那年冬天,我担心它们过不了冬,鹅爪子光光地踩在雪上,看着都冷。它们走几步便卧下,将两只冻红的爪子焐在有厚厚绒毛的肚子下面,但鹅掌依旧贴着雪。我妈说,鹅爪子是热的。我相信。我的脚在棉鞋里,依然感觉凉。天气确实冷了。

　　我进屋后星星留在外面。它从来不会迈进屋门半步,即使门开着,它也不会进。这是我们跟它的界限。我锁门后听见它一路跑向前院,它的爪子不会在雪地上踩出咔嚓声,但我一样能听到。它要回去看守门墩上那把钥匙。我不知道它晚上睡哪里,有时一早出门,见它卧在松树下,那里有一层干燥的松针可以隔寒。有时它钻在院墙根的一摞木头下面。这么多年,我都没给他盖一个像样的狗窝。早些年盖的狗窝在大门右手的院墙边,它显然不喜欢,从来不去住。昨天金子开车到村民家要了一墩子麦草,给鹅垫一个下蛋的窝,剩下的麦草放在墙根,下午见星星卧在麦草上。金子说,给狗做个窝吧。我从库房找来一个大纸箱,口朝一侧敞开,里面铺了层麦草,剩余的麦草堵在纸箱内壁,然后用雪把三面埋起来,算是挡风吧。做好后我叫星星过来,指着纸箱里面说,这是你的窝,进去看看暖和吗。星星听懂我的话,头钻进去,在里面转过身,脸朝外卧下,好像让我看大小正合适。

　　星星跟我们生活了8年,算算也年老了。年纪一大就怕冷,身上没火气了。这是我妈说的。

(原载《光明日报》2024年1月22日 1版)

纸短情长话冰城

阿成（黑龙江省作协名誉副主席）

哈尔滨火出圈了。天南地北、长城内外的老老少少、俊男靓女，"小土豆""小砂糖橘"，都兴冲冲地往哈尔滨奔。哈尔滨那么冷，零下二三十摄氏度，却愣没把外地游客吓住，就像莎士比亚说的，"不惧寒风凛冽"，人们一心要来冰城一睹冰雪世界的奇特与美妙。

说到哈尔滨的冰雪，不能不说到冰灯。用一个铁桶，灌上水，放在外头冻，但别冻实了，外边一层冻成冰后，就把里面的水倒出来，然后在空的冰壳子里放上蜡，点着它——这就是最原始的冰灯。先前，车老板子赶夜路，会把冰灯放在马车上用来照明。店铺、饭馆子、旅店门口也总有冰灯，上面写上红字儿"饭馆""大车店""客栈""药铺"等，用来招徕客人。那个年月哪儿有电哪，冰灯便是指路明灯。对归乡的游子来说，那一盏盏冰灯哟，就是家，家里有日夜思念的父母、老婆、孩子。往家赶，老远看见那晶莹剔透的冰灯,两行热泪就下来了。逢年过节,家家户户都要做一个冰灯放在自己家的小院子里,灯面写上"福"字,多喜庆多吉祥啊。红光四射的冰灯就是"年神",它不仅召唤自己的亲人,也温暖着来自五湖四海的游人。

我念小学的时候,哈尔滨的兆麟公园就开始举办冰灯游园会了。我家离兆麟公园不到500米,跳围栏进去,便置身童话般的琉璃世界了。那时候的冰灯简单而又精巧。参差错落的冰灯,有的里头是空的,装着水,小鱼儿在里面游,外面绕着小彩灯,一闪一闪,把孩子的魂儿都吸走了。

至于雪雕,它最早是行路人的"安全屋"。"大烟炮"(风吹雪)来了,又赶上零下50多摄氏度的气温,是能冻死人的。行路人赶紧在雪地里掏一个雪窝子钻进去,即可躲避"大烟炮"的袭击,它还可用来"打小宿"(野外露营)。雪人算是最简单的一种雪雕。先前,寻常百姓大多住平房,大雪纷飞的腊月里,每个院子里都有一座大人孩子齐心协力堆的雪人,雪人的鼻子那个位置插一个胡萝卜。雪人哟,一看见它,就仿佛进入时光隧道,回到了童年。

在这座银装素裹的城市里,冰灯雪雕无处不在,广场、街道、社区、学校,到处都有造型奇特的冰灯雪雕,一尊尊、一座座争奇斗艳,让天南地北的来客眼睛都不够使,这就是哈尔滨人创造的人间仙境。冰雪大世界是哈尔滨冰灯雪雕的集大成者。园子里的冰灯雪雕千姿百态、万种风情，都让冻得直淌清鼻涕的"小土豆"们挪不动步啦，谁能抵挡住这样的诱惑呢？还有一年一度的哈尔滨国际冰雪节，越办越美，越办越妙，越办越奇，越办越大，天上的琼楼玉宇都被挪到了哈尔滨，冰灯雪雕自然也是这个冰雪盛会上光彩夺目的主角。

冬天来哈尔滨，当然不能错过滑雪。别看我岁数大了，但我酷爱滑雪，一年不滑一场雪便浑身不自在，觉得这个冬天白瞎了。其实我滑雪的水平一般，通常只是选择平缓的雪道，像小燕儿似的掠过。回忆先前，小孩子大都是蹬脚滑子。找一块跟自己脚差不多大的木板，下面镶上两根铁丝，然后用绳子绑在脚上，这就是"冰刀"了，滑起来嗖嗖的，仿佛在冰雪上飞翔。那个年代，家家都有一个雪爬犁或雪橇，就像当今人人都有手机一样，是生活之必需，买粮、买菜、买蜂窝煤，拉孩子上幼儿园，都用得上。我曾经在一篇文章里写道：一下雪，哈尔滨就变成了一座银色的城市，银色的树，银色的房子，银色的街道，到处都是银色的雪，太神奇了——更神奇的是，在这座银色的城市里，小孩子们大多蹬着脚滑子或者打出溜滑上学、放学。

玩累了，饿了吧？下饭馆子去！在等菜的时候您别着急，来吃饭的游客太多了，借这个机会您可以先欣赏一下饭店窗玻璃上的霜花。那是自然的精灵所绘，千奇百怪，是散文的森林，是诗的海洋。之后，您再欣赏一下窗外纷纷扬扬飘落的鹅毛大雪。是啊,每一片雪花都是天降的书信,让人引发无限的遐思。念中学的时候,我们经常和南方的学生通信,记得有个南方的小女生在来信中说:"听说哈尔滨的雪花非常美,能给我寄来一片吗?"现在没问题了,在哈尔滨,由冰雪衍生的文创产品多的是,各种各样的雪花都有,您肯定能选出自己心仪的一枚。

该上菜了!说到驰名全国的东北菜,我首先推荐铁锅炖。铁锅炖的种类很多,比如得莫利炖鱼,用活的大鲤鱼或者大草根鱼,加粉条、大豆腐、尖椒一块儿炖。再就是大鹅炖土豆、排骨炖小鸡儿,里头加上苞米、倭瓜、土豆、豆角。香啊,可劲儿造吧!再开几瓶啤酒——除了"冰城","啤酒之城"是哈尔滨的又一个美誉。如今,哈尔滨还有很多特色菜:老式熘肉段、新式锅包肉、新式烀肘子、传统酸菜血肠白肉、小笨鸡儿炖蘑菇……哈尔滨是"火车拉来的城市",自然有西餐,比如罐焖羊肉、罐焖牛肉、铁扒鸡、法国煎蛋、奶汁鳜鱼。也不妨品尝一下西式快餐——快餐盒里有两片面包、几片红肠、一点奶酪和果酱、一两块酸黄瓜、一两个洋葱圈、一丢丢大马哈鱼子酱或者鲟鳇鱼子酱,外加一碗热乎乎的苏波汤。

吃饱了,喝足了,去中央大街逛逛吧。这条街上不仅有妙不可言的马迭尔冰棍,还有秋林大列巴、塞克、红肠、大茶肠,非常地道。走在中央大街的方石路上,可以欣赏街道两旁形形色色的建筑、雕塑和各种文艺表演。这里的每一座建筑都是有故事的，三天三夜也讲不完。"阳台音乐会"是这条街上的一个个空中小舞台，是这座城市的独创。中外艺术家们在这些阳台上表演世界名歌名曲，朗诵优美的诗歌散文。您可以买一个大冰糖葫芦或者烤羊肉串儿，边吃，边看，边尖叫，边鼓掌。这样热烈的艺术氛围，别处难寻。

有时候，我会走到中央大街的尽头，去看一看哈尔滨的母亲河——松花江。我对这条江有着极深厚的感情，年轻时就写过"三花银鳞细，生拌野味香"这样的诗句，"三花"即为江中的鳌花、鳊花、鲫花。每年的入冬时节，或者开春以后，松花江上的冰排层层叠叠，从上游往下游浩浩荡荡地流去，那场面太壮观了。您若是一个喜欢逐冰排而行的旅游达人，可以驱车追随着冰排一路奔向同江，那里是松花江和黑龙江的交汇处。

如今，我虽然不在哈尔滨常住，然而每年冬天都必须回去一趟，踩着冰雪，迎着西北风，去受一下冻，仿佛这是一次灵魂的净化。正如一位诗人所说："因为这是我属于的地方，在松林、寂静和雪中。"

关于冰城哈尔滨，我总有说不尽的话。纸短情长，就此打住。

（原载《光明日报》2024年1月29日 1版）

年的味道

尹学芸（天津市作协主席）

中国人是最讲究味道的，年味就是一例。关于是否少了烟花爆竹就少了年味，在网络上曾引起热烈讨论，其实代表年味的东西还有很多。地区之间的风俗，或个人的习惯爱好，千差万别。所谓众口难调，最是体现在这一时刻。

想起年轻时的某一年，大年三十我还坐在桌前爬格子。爱人在那一天必在单位值守，一直要到晚上12点才回家。我干什么呢？除了读书写作，也没什么特别的事情要干。但那天来了客人，是夫家的亲戚，年龄比我们大，却是晚辈。场面略显尴尬。不知客人心下如何，这些年从没有过交流，而我却是把那一天放心上了，所以30多年过去，都还记得。是觉得家里不够有年味，对不住客人，还是因为没有年味而担心被客人看轻？很多想法一闪即逝。生活是自己的，怎么过，与他人无关。所幸这位亲戚也没有因此走生，现在还亲如一家。今年再见面，我会问问她当年的感受，也许人家压根没留意。可我几十年没忘，说明是在心里留下什么的。我把这归结为年轻时对人对事敏感。现在看，这样的印记其实越多越好。

爱人有个做鞭炮生意的发小，年年腊月二十九送一箱子鞭炮过来，一送就是很多年。我们都不喜欢放，连箱子都不拆封，直接端着送到姐姐家，姐夫和外甥都是鞭炮爱好者，他们放得不亦乐乎。我从来也没想过，不放鞭炮就会少了年味。我想的仅是——放鞭炮时一定要注意安全。还能想起外甥放鞭炮时的情景，他一个人，在一片杨树地里，点着一只鞭炮，就捂着耳朵藏起来。那声响和那股烟，于他是很大的快乐。一串鞭炮拆开来装进口袋里，放一只后再摸出一只，他能放整整一个下午。很多事情真是难以形成统一意见。有一年，我一个人站在山顶上看满城烟火灿烂，就像置身于地球之外的太空俯瞰，心里有种暖暖的感动。这种感觉也很好。

老话说，"辞了灶，年来到。闺女要花，小子要炮，老头要顶新毡帽。"年轻人，大概不知毡帽为何物了。

民间把春节称为过年、过节，有年节这样的表述为证。老一辈人，很多不识字，也不大纠结字里字外的意思。民间有句话说得很形象：傻子过年看街坊。即便是傻子，也知道过年，因为邻里街坊浓郁的年味会隔墙传过来，熏着眼睛。这实在是个大日子。游子要归乡，亲人要团聚。一年的辛劳都摆在餐桌上，年饭这一顿吃得好，这一年所有的辛苦付出就都值得。贫瘠的岁月，家里人口众多，这一餐饭也隆重而又热烈，家家酒香四溢。久远温馨的画面不时从脑子里映出，突然生出困惑：过年过的到底是哪一天，是旧年的最后一天还是新年的头一天？

爱人理直气壮地说，当然是新年的头一天。不管身在何处，只要初一那天赶回来，就是赶上了过年，过去家里的老人都这样说。

可我觉得不是这样。我从小接受的传统，大年三十的中午是正日子。依稀记得父亲在远处务工，有时就算走半宿夜路，也要回来赶这顿年饭。这顿年饭有时甚至要等到下午两三点才开始。父亲酒足饭饱，饭桌朝前一推，身子朝炕头隔断墙上一歪，便会感慨：这年算是过了。这样的影响切肤而又深远，我说过不知多少回。午饭放下筷子，便感叹一岁之流逝，这一年余下的十多个小时都可以忽略不计，这是受了老辈人的影响。年夜饭吃饺子，是有"交子"之说，所谓"一夜连双岁"，不管你生日是在几月，过年都要长岁，这是约定俗成。我们吃完饺子提着灯笼满街游荡，像一串大号萤火虫。坐炕头守岁，也就是吃花生嗑瓜子，困了倒头便睡，再睁眼，就是"新桃换旧符"了，地上满是隔夜的瓜子皮，踩在脚下，咯吱咯吱响。而这些瓜子皮，要留待来日清扫，这也是习俗。

大年夜又称除夕。传说中每到岁末便出来害人的那头怪兽叫"年",也有人称之为"夕",所以才有除夕的说法,意为除掉"夕"这头怪兽。若是从字面理解,夕是晚阳,最后一缕晚阳消失,便意味着亘古的这一天永久结束。每天都有夕阳,岁末就是除去所有走向没落的日子,去迎一个崭新的太阳,不知这样理解有没有道理。

年的名称是从周朝开始出现的,至西汉才正式固定下来,并沿用至今。甲骨文里,"年"字的象形文字是一个人背着"禾"的形象,表示庄稼成熟,即"年成"。据资料记载,古时人们把谷物的生长周期称为"年"。"年,谷熟也。"如果再发挥一下,那些"禾"是需要一年的时光才能被背到家里,因为谷禾一般都是一岁一熟。

春节似乎毫无疑问,是指正月初一。《尚书·大传》中说:"正月一日为岁之朝,月之朝,日之朝,故曰'三朝',亦曰'三始'。"古时正月初一被称为"元旦",直到辛亥革命胜利后,为了顺应农时和便于统计,才有了在民间使用夏历,在机关、学校、厂矿和团体使用公历的规定。以公历元月一日为元旦,农历正月初一为春节。

"旧历的年底毕竟最像年底。"鲁迅先生《祝福》里的这句话,时至今日仍让人念念不忘。我每每看见,都会心一笑。过了这么多的年,于我而言,没有哪个年有特殊意味而形成深刻记忆,唯有30多年前夫家亲戚来访的那个年记忆犹新。所有的日子统统混沌在日常烟火里,从年少一路走来,都是在不知不觉间,便只剩天增岁月人增皱纹了。

"回家过个年",仍是中国人的一大传统。只是怎样过,都有哪些遵循,各人有各人的讲究。说一个"情"字是年的主打味道,大概不会有异议。阖家团圆是一个方面,还有更具体的任务,就是走亲访友。初二看岳母,初三初四初五看姑姨舅舅二大爷,还有那些老表亲,由近往远排队。老同学、老朋友、老同事,有些平时很少联系,过年时一句寻常的拜年话,就接续了以往所有的情谊,那些古旧的岁月就都一并回来了。

新的一年,总是有新的希望。

(原载《光明日报》2024年2月5日 1版)

厚土苍茫

郁葱(河北省作协副主席)

我小时候,爷爷一个人在乡下生活。我的祖籍是河北省深县(现在叫深州)。深县地处滹沱河故道,属黑龙港流域,曾为上谷、钜鹿郡地,以盛产"深州蜜桃"而闻名。我的老家郇家池村位于深县与饶阳、安平三县交界的地带,往南距当时的公社所在地辰时村五六里地;往北距离饶阳县的五公村(现在叫五公镇)十来里地,五公村在合作化、人民公社时期曾经出现过一位著名的全国劳动模范,叫耿长锁。20世纪60年代到70年代初,从我不到十岁,一直到我参加工作,每年都要回老家陪爷爷过春节。奶奶在我父亲刚记事的时候就去世了,老家只剩下爷爷守着一片空宅院。春节前,我从100多里地以外坐长途汽车到五公,然后再回到郇家池,每当我在傍晚的时候一身疲惫地赶到村口,爷爷总是站在路边等着,寒冬腊月,不知道他在那里等了多久。这个情境是人们在回忆故乡和长辈时常会提到的细节,但对于我来说，它是一个刻痕。

爷爷在村子的同族人中辈分很大，老家有习俗，每逢大年初一，村子里同辈分的人就聚在一起去给长辈拜年。从太阳刚刚露头开始，就听到门外面这个喊"给爷爷拜年了，磕头了"，那个喊"给大伯磕这儿了"，也不进屋，就在院子里跪倒一片。从小窗眼里往外看，还没有来得及看得很清是谁，人们已经呼呼隆隆地离去，又赶到另外一家拜年。邻居的奶奶会做豆腐，每次我回老家过年的时候，她就端来一大盘子热腾腾的豆腐，豆腐的那种香气啊，那么恣意地弥漫，直到现在想起来，依然觉得那是我长这么大闻到的最香浓的味道。

那时候我知道了，我还有那么多的爷爷奶奶，那么多的叔叔婶婶。到了晚上，吃完晚饭，别的爷爷们陆陆续续来到爷爷家，坐在炕上、长条凳上抽着烟袋，一锅接着一锅地抽，屋里烟雾缭绕，满屋子都是旱烟叶子的味道，却不觉得呛人，坐在那么多大人中间，感觉很兴奋，很踏实。在一盏昏暗的煤油灯下，不知道哪位爷爷带了两本《杨家将》和《呼家将》，我就像说评书那样一页一页读给他们听，爷爷们听得津津有味，人越来越多，有时候炕上都坐不下了。每到这个时候，爷爷就提着大锡壶给客人们加水，给我也端来一碗，然后坐在长凳子上听着、看着我，目光里满是怜爱和骄傲，那也许是他在老伙伴们面前最为风光的时候。那时老家的水因为盐碱含量高，喝起来有些苦有些涩，我却没有觉得多么难喝。许多经历能让我们绕过人生中的坎坷和艰险，忍受世间的种种磨难，却很难绕过一个"情"字，我知道，我在老家的那几天，是爷爷真正的节日。

爷爷家有一个很大的院落，父亲回忆，从他记事起，北屋里就有一盘石磨，这是全村最好的一盘磨，石质坚硬，磨盘厚重，磨出的玉米糁子和白面干净、细腻。家里本来房子就不多，还得给这盘磨腾出一间做磨坊，供乡亲们无偿使用。早年老奶奶还在世的时候就总说："乡亲们过庄稼日子，哪一家都得吃糁子吃面，这磨大家伙儿都用得上，用着好使。"那盘磨盘面光洁，重量十足，人们推是推不动的，磨粮食要用牲口拉磨，所以叫盘磨。尤其是一进腊月，这盘磨从早到晚都闲不着，老奶奶就每年给大家排队，有时候一排就排出去六七天，还要让父亲一家一家告诉四邻八家什么时响去用磨。每到这个时候，大人们在磨坊里磨面，孩子们就在磨坊外面嬉戏，像一幅平静、祥和的北方村庄的风情画。

到了初十左右，春节快过完了，爷爷要把我送到长途汽车站所在地，上面提到的那个叫作"五公"的邻县镇子上去，赶早晨七点发车的唯一一班长途汽车。天还很黑爷爷就要起床，拉着大风箱煮熟了饺子，然后叫醒我。吃过饺子，我和爷爷便在黑暗中赶路。一老一少在空旷的清晨里赶路，天泛亮的时候，很远很远的村子里传来一声清亮的鸡鸣，它若隐若现，悠长辽远。在苍凉

的荒野有一声鸡鸣，便有了一种孤独以外的感觉，冷寂和孤独感便一下子被冲淡了许多，似乎在遥远处有了一种依靠，有了一种生命的寄托，有了一种暖意、想象和生机，在那一瞬间便注入了许多说不清道不明的长大了以后成为"思想"的东西，而且这种感受一直延续至今。这种感觉只有在那样的苍莽广阔中才能感到，一声鸡鸣，就能扫去十里阔野的萧瑟和荒凉。我一直记得那样的鸡鸣，那是寂静中一种内在的精神，是那里的人的命运，你听了，就不会记不住，就真的能记一辈子。前些年，我和父亲回到了那个记忆中的村庄，原来的土屋、沙地都不见了，我的那些乡亲们富足了起来，不由得感慨：竟然再也找不到往昔的模样。

一边向前走，爷爷一边跟我数天上的星星，天亮前后，地平线上会看到一颗特别明亮的星辰，它是启明星。那时的星星很亮，爷爷告诉我哪个叫"勺子星"，长大后我查资料，知道了那就是北斗七星。说话的时候还是星斗漫天，一阵鸡鸣之后，太阳已经很大了。后来我看到人们写"天渐渐亮了"，就暗自说："不是，天黑天亮，也就是一瞬间的事。"那时候星星不是一颗一颗的，而是一片一片一层一层一团一团，叫作星河。那时候我知道了平原上也有回声，雄鸡一唱，十几里都有回声，有声音就有回声。小时候那些经历，好像总是容易回味，我的根基在那里，它形成了我刚硬、执着、坚忍、专注的性格。我的作品总有一些内在的沧桑和苍凉，这与我的经历有关。那里的砖墙、老树，那里的尘世与人,那里的傍晚和凌晨,无论是近是远是荒芜抑或是富足,它都有质感,都不那么冰凉。人与人真的不在于距离的远和近,有时相距很远的人也会暖着你,平日里他们未必重要,孤单的时候、枯竭的时候甚至不堪的时候,他们就有了意义。

岁末的一个早晨,薄雾再起,天地沉靡。想起元好问诗句:"万古骚人呕肺肝,乾坤清气得来难。"万物滋生,承天顺地。自然之态,人宜畏之敬之。那时,我站在深州永昌大街58号,想起了小时候听到的二八调和老丝弦,岁月,突然就成为历史,人与苍穹,真不经磨,只一瞬,竟然都老了!

我知道,我是想把那些曾经的辉煌与黯淡、深刻与浮浅都再记忆一次,都再经历一次。

(原载《光明日报》2024年2月19日 1版)

弦诵不绝白鹭洲

李晓君（江西省作协主席）

从天上俯视，白鹭洲像一条船。古时，造船业恰是吉州的支柱产业之一，不亚于雕版印刷和制瓷业。我的母校，与白鹭洲隔半江之水。洲上有白鹭洲书院。

白鹭洲之得名，有人认为，取自李白诗歌《登金陵凤凰台》："三山半落青天外，二水中分白鹭洲。"而更多人，乐见另一个版本：以沙洲上栖息着无数的白鹭而名。这种吉安常见的鸟，并非天生高贵的生灵，它们也多半出现在水田和河泽边。暮晚，白鹭们，在林木茂盛的沙洲上扑腾、降落、寻找栖息的树枝，并发出嘹亮的鸣声，或许是这城市傍晚最动听的声音。

书院的历史，可以追溯到唐代，但兴盛于宋明。白鹭洲书院创办于宋代，准确地说是在南宋嘉熙四年（1240年），其创建者江万里，彼时知吉州兼提举江西常平茶盐。那一时期，与之齐名的江西书院还有白鹿洞书院、鹅湖书院、豫章书院。

书院在过去,是有别于官学的一种民间教育机构,是私人或官府聚众讲学、切磋学问之所。宋代讲学的兴起,带来了书院的繁荣。在宋明,书院往往又是传播理学的场所。因而书院多、理学发达,也成为吉州乃至整个江西历史文化的重要标志。南宋和明代,江西书院总数位居全国前列,而吉州书院数量又为全省之最。

今天在书院门口依然能见到江西最后一个状元刘绎题写的对联:"鹭飞振振兮,不与波上下;地活泼泼也,无分水东西。"或许是对白鹭洲书院特色的最好诠释。

南宋宝祐三年(1255年),文天祥负笈书院,时年19岁。与文天祥同学于白鹭洲书院的,还有刘辰翁和邓光荐。文、刘、邓三人既是同乡,又是好友,他们密切的私人关系,源于对诗词的热爱和济世的理想。而在学习和交往中,又相互影响着各自的人格。

书院里供奉着欧阳修、胡铨、杨邦义、周必大四位吉州先贤的画像,文天祥每目睹于此,一种豪情在心间升起——"殁不俎豆其间,非夫也",发誓要跻身忠臣行列,让人们像祭祀他们一样祭祀自己。文天祥追慕这些吉州先贤的忠烈气节,其源头,可以上溯到欧阳修,而其影响,下达清初的方以智。

当年江万里创建白鹭洲书院,是为了敦教化、兴理学、明节义、育人才。他在书院中设立六君子祠——祀周敦颐、程颢、程颐、张载、邵雍、朱熹;又建道心堂、文宣王庙、云章阁、风月楼等楼阁,使之成为江心胜景。这位朱熹后学,还将《白鹿洞书院揭示》引入书院,陈于道心堂——朱熹制定的《白鹿洞书院揭示》,可说是为天下书院制定了行业标准,时至今日,《白鹿洞书院揭示》对读书人的要求——"博学之。审问之。慎思之。明辨之。笃行之";"正其义不谋其利,明其道不谋其功";"己所不欲,勿施于人。行有不得,反求诸己"等,仍有很强的指导意义。离任吉州之际,江万里延请吉州名儒欧阳守道为书院首任山长。文天祥虽亲炙欧阳守道只有一年时间,但受益很多,对这位老师评价很高,而欧阳守道务实的学风,不能不对文天祥有所影响。

宝祐四年(1256年),文天祥被宋理宗钦点为状元,一举成名。这位吉州人杰,开始登上历史舞台,其慷慨悲壮的一生,从白鹭洲起步。"鹭飞振振兮"——白鹭的雪白、高洁,与大地的亲密和恰切,都与文天祥相仿佛。《诗经》说:"振振鹭,鹭于下。"又说:"麟之趾,振振公子"。"振振公子"当是文天祥的写照。当年,与文天祥同榜的吉州进士,达39名,占全国录取进士的九分之一,震动朝野,理宗皇帝亲书"白鹭洲书院"匾额,以示褒奖。

当年追随文天祥勤王的白鹭洲书院学子,除刘辰翁、邓光荐外,还有不少,如为掩护天祥避难而自称为天祥、结果被元兵烹死的刘子俊；被俘后绝食八日而死的罗开礼；在文天祥被俘后写下《生祭文丞相文》，劝其速死以全大节的王炎午；冒着杀头之祸收拾天祥就义骨骸并运回吉州安葬的张千载等，都濡染过书院的"正气"之风。当文天祥写下惊天地泣鬼神的《正气歌》，不仅是为自己画像，也是为白鹭洲全体学子画像。

明代白鹭洲书院，在王阳明到来后，经历了另一个繁荣期。王阳明把"心"作为主体，把修养"道心"作为品德修养和经世致用的基础。而经世致用须从日用人伦开始，修养"道心"不仅要在以静为特征的"性"上去求，更要在以动为特征的心之用的"情"上用功。那便是"致良知"。即，在形而上之"道"与形而下之"器"之间，始终贯彻体用一源、知行合一乃至心物相融的精神。而白鹭洲书院是承载阳明心学的一艘巨舸。

阳明讲学授徒，门人弟子以江右特别是吉州学者为盛，黄宗羲《明儒学案》记录的江右王门学者为数最多，达33人，其中吉州占22人。因而，梨洲先生感叹："阳明一生精神，俱在江右。"

赣江边的白鹭洲风景怡人，尤其是在雨后，植物的香气与江水的腥气混合在一起，茉莉花、栀子花、野蔷薇、丁香花的芬芳，让人心情清爽。而烟雨中的白鹭洲，依然带有一份古气，掩映在古木中的楼阁，只露出一小部分。无数的白鹭，在述说文脉不息的故事。鹭飞沙洲，这缄默的江洲因而变得生动起来。

我想，吉安文脉的锁钥，即在白鹭洲。清代有个叫贺侯良的官员，到任时，刚一下马，就来寻访白鹭洲书院旧址。他说："鹭洲为一郡锁钥，赖有书院镇之……"至今，洲上还有一个中学，可以说是千年书院薪火相传、弦诵不绝的证明。古木参天的书院，书声琅琅，鹭飞振振，江流滔滔，构成让人愉悦的景观。这景观，无疑也影响着人的内心世界，并由此形成了一种文质彬彬和古雅深沉的精神。

由此我想到，西方文化传统里，素有"静观的人生"和"行动的人生"两派。静观者，这些"精神贵族"只"静观冥想"，而不屑于公共事务。近代的学者开始关心如何"改变世界"。而江万里、欧阳守道、文天祥、王阳明——这些深刻打上白鹭洲书院烙印的吉安先贤们，他们是将"静观"与"行动"紧密结合在一起的，从来都是"即知即行""知行合一"，对待超越世界的"道"和现实世界的"用"，从来不曾分离。

（原载《光明日报》2024年2月28日 1版）

又识春风面

鲍尔吉·原野（中国作协散文委员会副主任）

头些天，我到蒲河边上跑步，迎面遇到南风。这个风不一样，好像扶着你的肩膀，把你从上到下轻抚一遍。我一愣，好呀，这是春风！春风见到我像见到了老朋友，我见春风也一如友人。我虽老了，但仍有一副旧样子，好认。而春风无形，我怎么会认出它呢？春天，风吹在脸上，与冬日的感受不一样，有积雪和泥土融化的味道。想一下，那天2月21日，刚过雨水节气。确实是春风。

2月的风还很冷。春风在冷冽里有一股精灵的气息，好像趴在你脸上吹气，对你耳语。我无法用语言描述季候的微妙，但我没骗你，那天我遇到了春风。我很高兴，觉得自己具有动物的敏感。动物的聪明体现在对大自然的敏感上，这是生命力强的表现。我年过六旬，在荒野里漫游时，仍然能敏锐地察觉动物的足迹和粪便，鸟遗落的羽毛以及鸟鸣。我妈说游牧民族有这种基因。

到了蒲河边上,风景依旧。河面结着白云母般的冰,黑黑的树枝指向天空,仿佛冬季还在身边,但春风来了。它不光吹拂我,还吹拂树木与冰冻的大地。可惜风不能停下来跟我说会儿话,告诉我从哪里来,见到了什么,又要去哪里。风啊,你最大的特点是停不下脚步,上天没给风安装stop程序,让我白白地看着它从脸上吹过,去吹树枝和天空中的小鸟,不知所终。如此珍贵的春风来到身旁,你却不能请它歇歇脚,这也是人生憾事。回到家里,我告诉我妈外边刮春风了,她说:"春天到了,真好。"

第二天,我意犹未尽,再去河边跑个15公里。才一天,地面上变了。大部分积雪已被春风吹化,露出牛毛黄的枯草。没化的积雪像被扯烂的棉絮,藏在低洼处。而枯草像被水洗过,显露白金色的光泽。对这些变化,比我更惊讶的是那些没去南方过冬的留鸟,它们在树枝上叽叽喳喳,乐不可支,比我更高兴。留鸟们——麻雀、喜鹊、乌鸦、白头翁、太平鸟、斑鸠和鹰,你们好吗?这么寒冷的冬天,留鸟不去南方,非不能也,实不为也,这才叫哥们儿,我打心里高看它们。跑步中,春风又吹到我的脸上,不是昨天那股风——昨天的风吹了一天一夜,应该到克什克腾草原了。我用脸跟春风盘桓,体会春风的风意(请允许我创造一个词——"风意")。它温煦、活泼,仿佛带着笑意。如果给春风画像,别忘了画出它的笑脸。我跑15公里,是想让春风多吹我一会儿。然而我接触的风，只是春风中的一点点。浩荡的春风要吹遍大地每一个角落，让万物苏醒。河流、耕地、树木和山峰在进入春天前，先要被春风吹一吹。春风推它们，让它们醒一醒。春风无私，对万物不论贵贱，先吹一遍，然后带领万物一起进入春天。

"春天来了"，这是春风、小鸟和我妈对我说的话。这个事就这么定了。每至春天，我都想放下全部工作去旅游。并不是看哪个地方，而是看那个地方的春天，就像看它的青春容颜。眼下是3月，我想去看华北大地上的麦苗。"麦苗起身，一刻千金。"3月的麦苗六七寸高，是麦子界的儿童，在春风里奔跑戏耍。到了秋后，金黄的麦子化为雪白的馒头花卷。大地何等神奇！

我想看春天的大海是什么情形。大海在春天，没有花，也没有树。但我觉得它一定和夏天、秋天和冬天的海不一样。海水用浪花的手攀爬礁石，海鸥伸展白镰刀似的翅膀飞翔，发出响亮的啼鸣。海鸥看春天的海风把南半球的温暖吹了过来，海潮比其他季节更加汹涌。成群的刀鱼感知了春天的气息，像梭镖一样在海水里游弋，身体发出珍珠般的白光。如果问鱼："春天到了，你知道吗？"鱼会对你施白眼，比阮籍施过的白眼更白。八大山人最看重鱼的这一副表情。鱼说："春天到了，这还用说吗？"海鸥整日整夜在海面上呐喊："春天到了！"海水用折叠的波浪把海鸥的讯息送到海底。岛屿的航标灯在夜风里一闪一闪，好像目送一波又一波的春风。

季节变换时，我常常猜想星星在做什么。春天的夜空深蓝，像一片蓝海结冰了。星星是冻在冰里的白莲花。此刻，星星们苏醒了，摇晃着，看上去比冬天更晶莹。它们好像是因感动而湿润的眼睛。星星比我们看得更远，它们在高空看到了春风带来的变化，河流开化了，大雁从南方飞来了，青草在灌木底下长出来了。星星摇晃着，像在唱一首歌。

我觉得要为南方归来的小鸟献一首歌。站在河边，对着天空唱，让小鸟听到。也要为青草献一首歌。冰冻的大地转眼间有青草长出来，它们的生命力多么顽强。春天需要献歌的对象很多，几乎献不过来。我们没有理由不为开化的河流献歌，它像一个被冻僵的队伍赤脚站在河床上，在春天终于迈开脚步走向远方，这不值得唱一首歌吗？我的歌还要献给小小的昆虫——蚂蚁。我观察春天，直到看见蚂蚁出现，走走停停，才把心放进肚子，春天确实来了。春风、小鸟和我妈说的话没错。我的歌是这样唱的："蚂蚁啊，你的家在这里吗？是春风把你从南方吹过来的吧？欢迎你，没有蚂蚁的大地不叫大地。"曲谱1=D，2/4拍。我近来在练习谱曲，年轻时谱过，后来扔了。如今重新捡起来是为了春天，把歌献给燕子，献给鹅黄的柳梢，献给湿润土地上的蒲公英，献给瓢虫。桃花、杏花、梨花，每种花都值得写一首歌。它们的绽放，让北方的山野一下热闹起来。这些花远看是粉色和白色的云霞,上面燕子翻飞,看着有仙气。

春天到了,和我春天想旅游的想法一样,我想在春天变成一只游隼。它飞翔时,翅膀尖儿向上翘起,如同舞蹈的四位手。游隼乘着气流云游四方,从东飞到西,从南飞到北。看到3月的兴安岭,灰褐色山岩的肩膀上披着白雪,像一座座雕像。往南面飞,越过燕山山脉,看到大地返青。如果想看明媚的油菜花,就继续往南飞。飞到安徽和江西,油菜花像无数个缩小的向日葵冲太阳扬起脸,蜜蜂躬耕于花蕊,用电波般的嗡嗡声赞美春天。飞吧,游隼,去看南方的崇山峻岭春天的样子,看瀑布像不像大团的白雪滚下山崖,看茂密的竹林在风中摇摆,像一座晃动的绿色山丘。

我在春天有些着急。春天在短短的几天里让万物改变模样,而留给我们体味的时间很短。春天让青草冒芽,让土地松软,让云彩变成薄薄的云母片,让柳枝爬满叶苞。这一切突如其来。我觉得我要看的东西太多了,但春天不容你细看,像魔法师不允许你细看一样。春天表面上温柔细腻,骨子里刚强决断。它不容分说,让天地改变了模样。在你感觉春风拂面的那一刻,大地已经做好了万象更新的准备。春风、小鸟和我妈所说的,也无非是这一层意思。

(原载《光明日报》2024年3月14日 1版)

童话长白山

金仁顺（吉林省作协主席）

长白山，去过并没超过20次，却记不清楚到底几次，感觉上，很多次。但刚确定又恍惚了，是那种"只在此山中，云深不知处"的恍惚。

第一次去是1992年夏天。那时候山和天池都是纯天然，上山下山也是纯天然。路是有的，但如树干抽枝条般，主路旁不断地漫漶出旁逸斜出的小路。世上本没有路，一些游客走出了路，另一些游客又走出了新路。没办法，谁让通往天池的山坡大且平整呢。

新路难免含风险。山坡上的石头被人踏上去的时候，有时会松动脱落，咕噜咕噜滚下去，下面如果凑巧有另外一些不走寻常路的，就会有倒霉蛋儿遭遇无妄之灾，天上没掉下馅饼，也没掉下林妹妹，掉下块石头。这种事故时有发生，"时"可以更确切说成"每天"，"有"则是几次。

我们走的是正经路，规规矩矩地上了山，也因此，安安全全。爬最后一段山路的时候，山势陡峭，十分吃力。用天空视角来看，我们相当于是从一个巨大的盆底边缘，沿着盆边爬到盆沿儿上。盆里面，盛着寒冰翠玉的一汪池水。

这个盆是有缝隙的，一片水从高处落下来，夏天是瀑布，冬日是冰川。我们终于爬到最高处，眼前一片空阔，欲走到天池边，有条小河挡在前面，脱掉鞋，涉水过河时，遇水的肌肤灼烧般疼痛起来，脚底如扎万根芒刺——游客们总是第二时间才反应过来，那不是烧灼，那是寒冰水让人产生的错觉。

这寒冰水同时也是最好最纯净最天然的冰镇矿泉水。边用瓶子接了水喝，边走到天池边，蓝莹莹的一大块玉，玉块的上面映着白云，边缘镶着翠绿，面对着饱和度如此高的蓝和绿，一时竟呆怔了。

那是第一次看天池，也是距离最近的一次。

1996年第二次去长白山，是从西坡上去的。景观与第一次去的北坡完全不同。我们先去了林场，在林场住了两天，林场场长是个有故事的人。他带着我们在原始森林里面走，时不时地回头清点一下人数，"你们要跟上啊，千万不要落单！"原始森林啊，一棵棵笔直的红松，齐刷刷地站着，单看上去个性鲜明，有人还会闲情逸致地来上两句，"枝枝相覆盖，叶叶相交通"。但走着走着，就进入了魔阵，树与树变得越来越相似，枝枝都覆盖，叶

叶相扶将，如果云彩刚好遮住了阳光，那氛围感就更强了。顺便说一句，长白山总是有云彩的，有时云淡风轻，有时波谲云诡，有时风起云涌，有时云涌扬起大风。没有谁敢说自己一定不会迷路，而在山里迷路是很危险的，这里有东北虎、熊、狍子、野猪、蟒蛇以及无数的小动物。还有风霜雷电、低温大风。

林场场长带我们在林子里转了两个多小时，大部分树都笔直向上，风华正茂，但也有倒下来的，直通通横在地上，上面长出苔藓、菌子。有些树死了也仍旧站着，名叫"站干"，很悲壮，很英雄主义。有英雄主义，就一定不缺浪漫主义。从森林里面刚一出来，迎面山坡满满当当的紫色，野生鸢尾花随风摇曳，面积之大，美到玄幻。长白山的那片紫色，不是纯到假劣的颜色，而是中间混杂着星星点点的杂色，更通透，更真实，更铺张。人类的刻意设计在大自然的浑然天成面前，真是班门弄斧，弱爆了。

再后来去长白山时，发现当年攀爬过的"盆壁"，修了一架隧道似的梯子，曾经觉得爬行艰难的路变成一级级台阶后，整齐划一了，但并未减少辛苦。这道梯子像一条疤痕，或者一道锢痕，倘若是天然的，这道伤痕也有美学可供讨论讨论，但眼前这个只能是画蛇添足。没多久这条隧道梯子就停用了，失去了功用，却无法拆除，就只能"献丑"地摆在那儿。而天池也再不让游客走到近前了，开辟了新的线路，只能远观而不可亵玩。

新线路是游客们统一被安置在中巴车上，司机开着车，在陡峭的山坡上，不停地画着"S"形，在车里面一片惊呼声中，攀到山顶。山顶上面还有"山顶"，这最后的一小段路，游客要自己沿着索道爬上去。终于爬上去，却只能在岩石缝中朝下看，大部分时候，看见的是一团团雾，打着旋，时卷时舒，或者像千层饼，揭掉一层，又有一层，再揭掉，再一层，无穷匮也；运气好的时候，天空湛蓝，岩石中间镶嵌着戒面般的天池，这个戒面过于大，只露出一角角给人看。这一角角蓝，倒能时时引发游客的尖叫。真是荒诞。没见过蓝灰色？没见过雾？还是说，风景就是不能给人看全貌，越遮掩越有吸引力？越是冰山一角越是充满隐喻？也或者游客的尖叫其实是不满的发泄，费了这么九牛二虎之力，最后就给个小蓝角角看？可长白山是有神之山啊，这么一小蓝角角，是仙人的一片衣袂，仙人从不啰唆，仙人要么伸手指一下，要么踏云驭风而行，有形、无话，其他种种，各人脑补去吧。

天池只能惊鸿一瞥，原始森林也修了栈道。游客们在栈道上走，森林里面松树香浓郁依旧，鸟鸣山幽也依旧，野花摇曳，植物繁茂。我们仿佛在一条河上走动。我想念当年在森林里面漫游的自由自在，连当时担心迷路，担心遇到危险的动物，误把某根藤条当成蛇的惊恐都怀念不已。

惆怅归惆怅，但保护是对的。不保护，长白山怎么会变成动物的乐园、飞鸟的家乡？东北虎、黑熊数量日益增加。熊多，出没也多,"小心熊出没"的警示牌,可能很快就要立到街边了。

  上了那么多次山,看了那么多次天池,现如今,我迷恋另外一种方式。在二道白河镇找间客栈住下来,倘若是夏季,客栈正对面隔着马路就是湖,湖里有很多天鹅,有的是黑羽毛,有的是白羽毛,无论黑白,都贵妇般地昂着头,悠游,悠游。哪怕是三伏天,小镇也是刚刚"冰镇过"的样子,清爽、凉冽,混杂着松油香。刷辆共享单车骑着找间小店,炭烤明太鱼配啤酒,看太阳像个大鸡蛋黄,流汁淌蜜地被林间夜色一口口吞掉。我更期待的是冬季,在客栈里,闻着壁炉里木头烤出油的香气,听着噼噼噗噗的燃烧声响,黑咖啡里面也有桂皮味儿,奇了怪了。院里有温泉,屋顶有积雪,温泉热气氤氲,积雪越积越厚,厚到要把客栈都埋进奶油和雪粉中间,这也挺好,不对,这真是太好了,住在一个蛋糕里面,童话都没这么写过。

(原载《光明日报》2024年3月18日 1版)

鞋子的力量

林那北（福建省作协副主席）

只要不外出，现在我一周会两次穿起帆布舞鞋。它是皮软底，驼色或白色，两根一厘米宽的松紧带交错横过脚背，将整只脚妥帖裹住。如果坐着伸直腿，再用力绷住脚尖，双腿立即就像两根有力的线条，宛若威武的栏杆，一下子就将庸常的日子划出清晰边界；又像两把尖利的铁器，急匆匆要铲开前方某处。这是到了上课的时间，说高雅点叫舞蹈课，通俗点则是大妈的娱乐活动——就是如今正野草般四下蓬勃的广场舞。

对某种东西的极度沉醉，通常被称为"控"。20世纪80年代，我看到最"控"的是一位外国女人，她居然拥有几千双鞋子。那时还年轻，并且穷，目瞪口呆之下竟还有一丝难以启齿的羡慕。如果世界没有战争疾病灾难，财富如海水般丰沛流淌，每一个不同肤色的女人都恣意被宠爱，可以纵情拥有很多漂亮的鞋子和裙子，岁月顿时就显得多么温暖和静好啊。

我也曾爱鞋入骨,细跟、粗跟、长矮靴此起彼伏,连拖鞋都觉得下一双才是最美好的。鞋子是否舒适,不仅仅只关乎脚趾,还与心情密不可分。地球那么大,给予我们的只有脚下两个小支点,怎么立足决定着生命的质量,这时候鞋承担起与土地交流的全部职责,它驮着我们从日出到日落,从春夏至秋冬。居于人体最低位置,却默默承受着全部的重量,无论如何它们都有被爱的理由。

但近两年如同利刃切下,没有任何过渡,鞋就从我欲求清单中一下子退去了。行走的机会和动力渐失后,刀入鞘、马归厩,廉价的海绵拖鞋也足以把闲散无拘的日子踩出噼噼啪啪的声响。

就是在这期间,帆布舞鞋来了,因为要跳舞。

小区有支舞蹈队,女人们一周会两次凑到一起,在音乐声中动一动四肢,从藏族到蒙古族到傣族到朝鲜族,各民族的舞姿被我们生搬硬扯过来。这是一项我已经中止了四十余年的运动。幼儿园、小学、中学、师专,以及后来在中学任教,漫长的二十余年时光里,几乎把那时最风靡的各民族舞都一一跳过。甚至,芭蕾也没漏掉。文艺宣传队,那是一个与我们这一代人如影随形的组织,歌和舞被织进每一个成长的日子,然后掉头而去,踏上另一条完全不相干的路,以为永远都不可能再回头打量,突然机缘巧合,竟又从头再来了。藏舞的屈身颤膝、蒙古舞的柔臂抖肩、傣族舞的三道弯、朝鲜舞的柳手鹤步都不陌生,可是做出来的动作却如此不堪，它们变形了，走样了，古里古怪，别扭丑陋。

鞋子不对头。一开始我不时低头向下看，驼色的、白色的、黑色的，无一不轻、薄、软。网上各家自称专业舞蹈用品店展示的图片里，年轻纤细的女子穿着鞋都轻盈婀娜地起舞，于是买来再买来，似乎某一双会携带某个神秘按钮，能一下子让我也重新轻盈与婀娜回去，却一次次未遂。

从前上台穿什么鞋呢？穿草绿色军鞋和白色球鞋是常有的事，日子稍有起色后，学校配起了黑色老北京布鞋，但买鞋的速度往往滞后于我们双脚的生长速度。鞋必须辗转托人买，终于到了，脚指头却已经长出一截。勾起来塞进去，多跳几天，脚尖处就赫然顶出一两个破洞，像破壳的小鸡急着探看外面的景色。

跳芭蕾最初是从穿着一双军队男式咖啡色丁字塑料凉鞋开始的，靠着脚尖处密实的那一块，老师让我们夹紧脚趾强行立起，扬腿，举手，旋转，跳跃。那年我十岁，黑瘦矮丑，却有挥霍不完的精力。《我编斗笠送红军》，八个小女孩在对歌曲内容不甚了解之中，被要求以极致的喜悦兴奋状，表达出海南岛成年妇女对翻身求解放的热切向往，代价是在排练的过程中几乎所有人的脚指甲都损伤甚至脱落。红药水、紫药水、胶布一路相随，终于在舞台上收获到如雷掌声后，校长亲自跑城里买回粉色芭蕾舞鞋，缎面，星星点点泛着光，脚尖处有一块小橡胶，两根长绑带在脚踝处交叉绕来绕去……这是我有生以来第一双具有美学意义的鞋子，立起脚尖时，人霎时变高，腿变长，仿佛在飞，翅膀不是长在腋下，而是长在那双泛着光的鞋上。

几乎所有学舞的女孩，那时都被期望能终身以此为饭碗，但我的周围却一个都没有。长时间因为连绵不断的排练演出，而获得免上课免考试的权利，以为占了大便宜，最终却全部败在突然恢复的高考面前。大部分人匆匆嫁人，我勉强考入师专，自此放下过往的一切。

数年前，某晚与家人散步路过江边，赫然见空地上十几个中老年女人正兴致高昂地列队挥动四肢。放置地面的小音箱里传出的，明明都是极具风格的藏族、蒙古族等民族音乐，几十年前早就风靡过，体现在她们身上，却是一成不变的僵硬比画，所谓乐感和舞感此时都已被夜色吞没，肩颈的退化、胸腰的无力、腿脚的木讷，如墨的夜色却吞咽不住，它们山一般壮阔地耸立那里。但她们自己并不觉得异样，一个个脸上都布着潮水般的喜悦，甚至因为有人围观而愈发用力挥手跺脚。

那时我其实正终日佝偻着背，拼命凝固起身子，以抵挡漫无边际的肩周炎。一左一右，在两个最靠近脑袋的地方，它们却以最大的敌意侵扰而至，时不时撕肉钻骨，一副誓死拼个死活的狠劲。我逃无可逃，手不能提，臂无法展。能跳吗？不能。但机缘巧合，终于有一天我也成为小区舞蹈队的一员。去年队里排《我编斗笠送红军》，虽不是芭蕾，但音乐一起，那种熟悉的气息又徐徐回来了。人生终究是一个环，绕了一圈，竟又回到当初。一切都在重复，一切又如此迥异。想荡起身子，但腰太硬；想挥动胳膊，但肩太紧。说到底不是鞋让人脚步趔趄重心不稳，而是鞋子的力量已经支撑不起几十年沉甸甸的岁月了。阅历让你眼高，衰老却让你手低。这时候我才真正理解了江边那些女人，她们也曾花朵般绽放过青春，如今再聚一起，且歌且行，无非是以一份松弛的心境，给必将更羸弱的躯体些许安抚，也给自己已经远去的往昔，致以幽远的怀念。

（原载《光明日报》2024年3月25日 1版）

湘西山水行

阿来（中国作协副主席、四川省作协主席）

今年八月，又访湘西。

未出张家界机场，就凭窗见到天门山那标志性的巨大穿洞和洞后的参差奇峰。那些山我是去过的，二十多年前就游过蔚为奇观的金鞭溪、天子山和范围更大的武陵源。

那时张家界是指一片喀斯特奇峰景区，现在已成一个地级市的名字。机场有人来接，去湘西，说两小时车程。张家界也是湘西，地理学上的，行政区划上却不是。东南行，另有一个湘西州，首府在吉首市。

出机场不久，车行至一条穿城而过的青绿河边。河的名字很古老——澧。此次，我们要去另一条名字同样古老的河的流域。那条河叫酉。在湖南地界，四条大河注入洞庭，分别叫湘、资、沅、澧。沅水又有五条支流，分别叫巫、渠、酉、㵲、辰。这五条河既称"水"也称"溪"，故有"五溪"之名。唐时，王昌龄左迁龙标县尉，李白有诗："杨花落尽子规啼，闻道龙标过五溪。"这五溪俱出于武陵山。

山行，去看苗寨。主人有心，不导我们去热闹的旅游景点，而去寻寂静村落。迂曲山道，蜿蜒水流，万木竞秀。有松，有榉，有枫，有楠，有杉。今年南方干旱，石灰岩壁上，一些树木和竹丛过早显出枯黄。梯级的稻田，有水灌溉者，正灌浆成熟。渠水断流者，片片萎黄。在泥墙瓦顶、石板铺地的村子，走稻田间路，饮井中凉水。眼见天旱减收，遇见的村民却不显慌张，由此可知，如今的农民并非是地头一季收成决定生计了。遇到一家人，请我们在院坝里坐了歇脚，交谈间晓得是租了村民的房子直播卖山货的。再去别处，一样高温，一样天久不雨，但人都从容镇定。所到之处，收入的重头都不是地里庄稼。年轻人当导游，看桥看水，看老房子，看菜园里的豆篱瓜架，看鸭群漫游在显出大片河滩的水上。中年人在屋里替客人准备餐食。老年人在屋檐下摇着扇子。见此情形，我们也就从容游览。"检校露桃风叶，问讯渚莎江草。"原计划还要去酉水支流上的茶峒，也是二十年前去过的，沈从文小说《边城》的背景地。听说最近正在进行景观提升改造，也就改了行程，去了另外的乡间。

在乡间吃午饭，鱼、羊、鸡、猪，腌过或没有腌过；韭、茄、藕、萝卜、白菜，样样都刚离土。屋外阳光蒸腾，田土与植物的气息四合而来。正所谓"开轩面场圃，把酒话桑麻"。乡里人喝米酒的杯子，一杯一两还多。孟浩然诗："待到重阳日，还来就菊花。"不等重阳，黄色菊花就开在了窗外田垄边上。那菊花不是中国品种，是学名叫菊芋的洋品种。植株壮健，花大，块根串联如姜，又比姜硕大，川湘间广种，早是本地化的蔬菜，当地人唤作洋姜，盐水渍了，酸咸脆爽，正好送饭解酒。

前两日优游，都在武陵山中，或在酉水支流，或在五溪中另外的溪上，如流经凤凰古城的沱江，就别为一派，不入酉水。

最后一天，目标明确，终于要去酉水了。

越溪过岭，上山下谷。来到龙山县，危崖入云的八面山下。山下宽谷开敞，酉水河在谷中漂亮弯曲，每一弯都环抱一片平整的台地，显示出酉水河千万年的冲淤之功。田畴间村落弥望，最显眼的就是隔河的里耶古镇。镇子临河有整齐的城墙，背后是田野，再远是岩隙间绿树耸立的陡峭山壁。望见这景色时，八面山和里耶镇都在右岸，我们在左岸。过了桥，便在古镇边上了。我们的去处在镇子上方，有土夯的旧墙残迹，颓墙瘦土，藜蒿漫长。秦朝的时候，此地已经设县，叫作迁陵，今天叫作龙山。一片旷地就是两千多年前迁陵县署所在。庭庑无迹，刚才下了一阵小雨，水汽中有野草和湿土的味道。现存的是县署中的两口古井，它们被不同年代淤积的土层层掩埋，又于二十多年前在考古发掘中重见天日。

古井口在地面下一米多深的地方，断面上不同年代淤积的土层纹理清晰。井口四周潮湿，土、石和嵌井壁的古木散发出有些腐败的气息。就是这看上去平淡无奇的废井，其中一口竟掘出当年弃置的木简三万余枚，由此里耶就不再是一个普通古镇了。项羽克秦都后纵兵焚掠咸阳，焚了华丽宫殿，也焚尽宫中所藏典籍和国家档案。以致后世说起秦，总是粗疏邈远。后来有云梦睡虎地秦简的发现，大补秦统一六国的战争史与秦代法律之面貌。里耶秦简则是迁陵一县的行政文书，涉及秦王政（始皇）二十五年至秦二世二年十几年间迁陵一县行政运作与社会管理的各个方面。细考这些文书，可以复原当时国家政权在一地具体运作的种种细节，同时间接反映当时社会生活的基本状况。

转去为井中简牍所建的博物馆。馆中，泥灰的厚墙，气氛安谧，柔和的灯光下陈列着一枚枚墨迹轻淡的木简，让人感觉时间凝固，不由得轻缓移步，屏住呼吸。

让我意外的是，与文字史所谓"秦篆汉隶"不同，这些秦简都是隶书。篆书难认，隶书就容易多了。于是，自己辨认那些文字。

一简上有这些字："假迁陵公船一，袤三丈三尺……"是说船吧？是说谁要用公家船，船长三丈三尺吧？由此知道，彼时酉水上就有船往来。

迁陵产兵器——弩。简上有统计数字："迁陵已计：卅四年余见弩臂百六十九。"如此造物还要以船分输别处："出弩臂四，输益阳。出弩臂三，输临沅。"都是水边之地，应该是以船载之吧。

邮驿也乘船以行，这简似乎是当时的路条："七月丙寅水下五刻邮人敞以来。"

"迁陵以邮行洞庭。"这更是一张特别通行证了。

还有以船载货的记录："五石一钧七斤，度用船六丈以上者四艘。"

"卅二年，迁陵积户五万五千五卅四。"可见那时迁陵早已人烟稠密。下面有一乡名贰春，也有户口统计："卅五年，迁陵贰春乡积户二万一千三百。"

我只是游人，不是来做历史研究的专家，读这一枚枚简牍时也兴味盎然。此时忽起一念，看找不找得到酉水之"酉"。结果还真被我找到了。这应该是一条关于户口迁入的记录：卅五年八月，贰春乡"受酉阳盈夷乡户隶计大女子一人"。酉阳，今为一县，在酉水上游的重庆市境内，和今天的龙山隔了秀山、永顺几县，那时就通过酉水与迁陵多相往还了。

是离馆的时候了，意犹未尽，此次湘西行，在这里到了高潮。

这样兜兜转转，不觉间来到了王村，二十多年前在这里的街边小店吃过米豆腐，如今改名叫芙蓉镇了。过芙蓉镇口，筑坝成湖的酉水在低处闪着幽光，脚下的崖壁上，瀑布水声响亮。

（原载《光明日报》2024年10月22日 1版）